Bernd Walhorn
Ibiza - Hotlove
Band II
Sinnesrausch

AF140139

Ibiza - Hotlove

Ein Erotikroman in mehreren Akten

von Bernd Walhorn

Band II

Sinnesrausch

Impressum

Die Deutsche Nationalbibliothek verzeichnet diese Publikation in der Deutschen Nationalbibliografie; detaillierte bibliografische Daten sind im Internet über http://dnb.dnb.de abrufbar.

Umschlaggestaltung: Bernd Walhorn, Aima Nyx , Kea Ritter
Titelbild: shutterstock
Grafik Muschel: Clker-Free-Vector-Images / Pixabay
Herstellung und Verlag: BoD – Books on Demand, Norderstedt
ISBN Printausgabe: 9783734747755

Gewidmet dem Trio Infernale

August 2020

Der Autor

Bernd Walhorn wurde 1957 in Hamburg geboren. Im »Galerie-Café Adler« lernte er in den 70er Jahren Uschi Obermeier und Dieter Bockhorn kennen, die seinen weiteren Lebensweg stark beeinflussten, bevor er sich in der Gastronomie selbständig machte.

Schon frühzeitig spezialisierte er sich auf die Cocktailbranche. 1996 absolvierte er die Prüfung zum Barmeister und entwickelte sich zu einem Fachmann für Weine und Spirituosen. In den großen Hotels und Bars entdeckte er ein Gespür für skurrile wie auch sinnliche Situationen. Zeitgleich trieb er seine Profession, das Schreiben, voran.

Bernd Walhorn ist Vater zweier Jungs und lebt seit 1981 in Aachen.

Von Bernd Walhorn sind bereits erschienen:

- ➢ Kurzgeschichte »Tatort im Zweiten« in »Mein heimliches Auge« erotischen Jahrbuch 2015, Konkursbuchverlag, Tübingen
- ➢ Kurzgeschichte 2016 in der Anthologie »Mittelmosel Bittersüß« im Ammianus-Verlag, Aachen
- ➢ Erotikroman »Blindfolded Dinner« erste Auflage 2016 im Ammianus-Verlag, Aachen, 2019 als überarbeitete, neue Ausgabe im BoD-Verlag unter ISBN 978375041808
- ➢ Hamburg-Roman »622 – Vermächtnis« Autorenduo mit Kea Ritter, 2020 im BoD-Verlag unter ISBN 9783752815498
- ➢ Hamburg-Roman »622 – Bestiarien« Autorenduo mit Kea Ritter 2020 im BoD-Verlag unter ISBN 9783752668414
- ➢ Erotikromanreihe »Ibiza-Hotlove« Band I »Das Trio« 2020 im BoD-Verlag unter ISBN 9783751985253

Dank

Mein Dank ist für die Ibiza-Hotlove Erotikromanreihe etwas weiter auszuholen, denn ursprünglich begann die Geschichte im Sommer 2014 mit einer harmlosen SMS-Tickerei, aus der sich eine kleine Kurzgeschichte entwickelte, die meine Fantasie so stark anregte, dass ich eine komplette Erotikromanreihe daraus schrieb. Bis sich einige Jahre später Gaby ans Lektorat begeben hatte, und ihr nun gebührt mein ganz besonderer Dank für die vorliegenden Bände „Das Trio" und „Sinnesrausch". Gaby hatte wirklich sehr viel Mühe, aus meinem Manuskript einen echten Erotikroman zu stricken, der diesen Titel auch wahrlich verdient. Vielen herzlichen Dank, liebe Gaby, wir wissen beide, was das für eine zähe und lange Geburt gewesen ist.

Ab der Sommernachtsparty zu Zwölft haben Martina und Jürgen dann übernommen, auch euch beiden gilt mein herzlicher Dank.

Erwähnen möchte ich auch Janett von der Firma BoD, die wirklich nicht müde wird, mir nach wie vor sehr geduldig telefonische Tipps zu geben. Ohne sie hätte ich ein solches Projekt niemals aufziehen können. Der Firma Shutterstock für die Auswahl des Coverfotos, Kea Ritter für die Buchformatierung und die Covergestaltung und Niki für ihr brillantes „Auge" und der Covergestaltung.

Die Geschichte der Ibiza-Hotlove Erotikromanreihe ist rein fiktiv, Rahmen und Namen sind frei erfunden.

Inhaltsverzeichnis

Prolog   011
01. Kapitel – Besondere Freuden   014
02. – Sehnsucht   029
03. Kapitel – Ausflug   044
04. Kapitel – Geständnisse   058
05. Kapitel – Im *Romero*   074
06. Kapitel – Reflektionen   093
07. Kapitel – Angebote   106
08. Kapitel – Partyvorbereitungen   118
09. Kapitel – Ankunft der Gäste   132
10. Kapitel – Verhaltensangst   152
11. Kapitel – Spritz   163
12. Kapitel – En garde   175
13. Kapitel – Erstunterricht   184
14. Kapitel – Gier   193

Vorschau auf Ibiza-Hotlove Band lll
Sommernachtsparty   210

Prolog

Es ist wunderbar, mit nichts anderem zu vergleichen. Dieser Sommerurlaub sprengt alles, was ich bislang erlebt habe. Und ich bin schon einige Zeit recht lustvoll unterwegs, habe viele Dinge erlebt, die außerhalb der Norm lagen, oder wo andere Leute vermutlich nur den Kopf geschüttelt oder sich gar erschrocken bekreuzigt hätten.

Nein, keine schlimmen oder bösen Dinge, nur eben verrückt. Unerwartet, spontan. Liegt daran, dass ich mir grundsätzlich angewöhnt habe, dem Leben sehr offen gegenüber zu stehen und kleine Geschenke, die am Wegesrand verborgen liegen, wahrzunehmen und sie zu entdecken. Wer blind durch die Gegend läuft, oder die Augen nur nach geradeaus gerichtet hat, oftmals sogar auch nach zurück, der verpasst so unglaublich viel. Natürlich, man muss sich schon auch trauen, einen Blick über den Tellerrand hinaus zu werfen, vielleicht auch mal ein Wagnis einzugehen, ein Risiko, um etwas Neues zu entdecken. Wie anders soll es dem Zufall auch möglich sein, unsere Aufmerksamkeit zu erwecken? Ich habe gelernt, dass sich das Leben dann zeigt, wenn ich selbst auch bereit dazu bin, mein Leben selbstbestimmt in die Hand zu nehmen und der Spontanität, dem Zufall, Raum zu gewähren.

So war es auch jetzt wieder gewesen, als ich vor ein paar Wochen sehr spontan und kurzentschlossen in einem Reisebüro in Koblenz meinen Sommerurlaub gebucht hatte. Drei Wochen Ibiza, wunderbar abgelegen vom ganz großen Trubel in einer Ferien-Bungalow-Anlage. Was sich allerdings drei Tage nach meiner Ankunft ereignet hatte, das ist nur sehr schwer zu begreifen, wenn man eben nicht dazu bereit ist, jenen berühmten Blick über ein Geschirrteil zu werfen. Ich hatte zwei deutsche Auswanderer kennen gelernt, Nina und Peter, die schon seit vielen Jahren auf Ibiza leben. In einer Villa oberhalb meiner Ferienanlage. Zunächst Nina. Am Strand war sie mir aufgefallen. So unglaublich hübsch und … sexy. Seit dem Moment begann sich mein Leben zu verändern. Dem ersten Impuls, dem ersten Augenblick, folgte eine Spontanhandlung, anders kann ich es nicht beschreiben. Ausgelöst von Nina, die mich ziemlich spektakulär angesprochen hatte, und meiner Reaktion. Das erfolgte ohne nachzudenken, ohne mögliche Konsequenzen zu überdenken, sondern war geprägt von purer Lust und der Bereitschaft, dem nachzugehen. Ein Quickie in einer Umkleidekabine.

Das wäre, allein für sich stehend, schon ein wundervolles Erlebnis gewesen, traumhaft, völlig verrückt. Doch das eigentliche Abenteuer begann erst danach, in dem Moment, als Nina mich für den Abend zu sich nach hause eingeladen hatte, um unsere Begegnung weiter zu vertiefen, dies dann aber zusammen mit ihrem Mann. So hatte ich Peter kennen gelernt. Es kam noch in derselben Nacht, und das ist jetzt drei Tage her, zu einer sagenhaft heißen *ménage à trois.* Dieses Erlebnis war nicht nur völlig unsittlich, sondern auch tiefreichend, ja, ich kann es schon als prägend bezeichnen. Nicht nur für mich, auch für meine neuen Freunde. Ein Pärchen, das nicht nur sexuelle Zerstreuung suchte, sondern Gefallen an mir als Mensch fand. Als Mann, als Roland aus Koblenz, der Pauschaltourist.

Natürlich witzelten wir herum, von wegen zwei Kerle für Nina, klar. Denn unser Miteinander entwickelte sich dermaßen ausschweifend, wie ich es mir in meinen feuchtesten Träumen nicht hätte vorstellen können. Nina und Peter übrigens auch nicht. Auch für sie war ein solches Verhältnis absolutes Neuland, doch gerade das, die reine Unbedarftheit und die Spontanität, dass wir drei es eben gleichermaßen zuließen, es auszuleben, machte es von Anfang an zu etwas Besonderem.

Das Ganze gipfelte bislang darin, dass Nina und Peter mich schon direkt am nächsten Tag gefragt hatten, ob ich nicht Lust hätte, zu ihnen in die Villa umzuziehen und meinen Urlaub gemeinsam mit ihnen zu verbringen. Sex zu dritt inklusive. Ich hatte zugesagt.

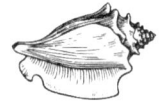

Erstes Kapitel
Besondere Freuden

Als ich an diesem lauen Sommerabend das Schlafzimmer betrete, ist es in wohliges, dezentes Licht getaucht. Ein beleuchteter Brunnen plätschert, eine Steinlampe spendet orangefarbenes Licht und mehrere Kerzen brennen. Peter hat alles sehr schön vorbereitet. Mitten im Raum steht Nina. Splitternackt und mit über die Knie reichenden, hochhackigen, schwarzen Lackstiefeln. Verboten heiß sieht sie aus! Ihre Haut glänzt in dem warmen, angenehmen Licht, die Augen sind mit einem schmalen Seidentuch verbunden, und Peter sitzt nackt in einem kleinen Sessel und betrachtet sich zufrieden das Bild, das sich ihm bietet, ein Nosingglas lässig in der Hand.

Nonchalant weist er mir auch eins an. Gut gefüllt mit bestimmt 5 cl Inhalt. Ich fächle mir das Aroma zu. Sofort schießt mir beißender Alkohol in die Nase. Es ist Whisky. Malt Whisky, um genauer zu sein, und zwar einer von den Inseln. Hebriden oder Orkneys. Das ist nicht schwer zu erraten, denn deutlich nehme ich Torf, Meeresbrise und Salz wahr und erinnere mich daran, dass Peter erwähnt hatte, er hätte eine Flasche *Talisker* gekauft, und dass Nina immer sehr speziell darauf reagiert. Lüstern und auch neugierig betrachte ich sie mir, wie sie vor mir steht. Ich bin überwältigt, Nina sieht hinreißend aus. Rasch ziehe ich mir Hemd und Hose aus und sage grinsend zu Peter:

„Zwei nackte Männer! Genau richtig für die scharfe Nina. Oder?"

„Rrrr …!", entfährt es ihr. Peter aber will, so wie es seine Art ist, Nina anscheinend noch ein bisschen zappeln lassen. Er hält sein Handy in der Hand und erzählt plötzlich:

„Ich habe vorhin Nachricht von Inéz erhalten. Sie schreibt: ‚Hey, ihr Lieben, sorry, dass ich jetzt erst antworte, bin eben erst von meiner Nachtmeditation aus dem Olivenhain zurück. Es war himmlisch. Totale Finsternis und der gigantische Sternenhimmel. Es lag förmlich in der Luft, dass sich heute noch etwas Positives für mich ereignet. Und siehe da: Eure Nachricht. Eine Einladung zu einer heißen Sommernachtsparty. Klasse! Ich bin dabei! Cool, dass ihr nun einen Hausfreund habt. Ist er gut? (Grins-Smiley) Sowas wünscht sich Michele auch schon länger, wisst ihr das eigentlich? Also Sex zu dritt. Ihr müsst mir alles erzählen. Oder am besten noch, ich sehe es mir in real gleich am Samstag an. (Lach-Smiley) Eure Inéz'. Womit wir jetzt alle beisammen hätten."

„Das ist ja wunderbar", kommentiere ich, „Inéz scheint mir auf einem spirituellen Weg zu sein, aber unsere Nina hier, die macht mich im Moment sehr viel mehr an."

Ich halte mir erneut das Nosingglas unter die Nase und frage Peter, ob das der berühmte *Talisker* sei, nippe einmal vorsichtig. Dass Nina im selben Moment erregt aufkeucht, nehme ich natürlich wahr, und so trete ich heran und begebe mich hinter sie. Eng drücke ich mich an sie heran, mein Glied gegen ihren Po und umschlinge sie mit einem Arm. Streichle ihr zärtlich die Brüste.

„Was machen deine Nippel, Nina?", frage ich. „Sind sie schon wieder hart? Riech mal, ich hab dir etwas mitgebracht." Neugierig halte ich ihr das Glas unter die Nase, darauf gespannt, wie sie reagieren wird. Tief atmet sie ein, während ich ihr vorsichtig an den Brustknospen ziehe und sie leicht mit den Fingerspitzen drehe. „Hm?", frage ich nach.

„Uuuhhh …! Das ist er", antwortet sie mit zittriger Stimme. „Der *Talisker*. Peter, du Schuft, du weiß doch, was der bei mir auslöst!"

Peter hat das Handy beiseite gelegt und gesellt sich zu uns, begibt sich vor seine Frau und beobachtet, wie ich mich an Ninas Brüsten vergnüge. Seine Augen funkeln und er wartet gespannt auf Ninas Reaktion auf den Malt Whisky.

„Ja, das weiß ich!", sagt er leise. „Und ich weiß auch, dass du den *Talisker* vorhin schon gesehen hattest, als Roland im Bad war und was dich heute Abend noch erwartet, meine Süße."

„Ja, das hatte ich! Und das war Absicht von dir, dass ich ihn entdecke", presst sie hervor. Ich weiß nicht, was das nun für ein spezielles Spiel ist, was sie da treiben, ein Insider, denke ich, aber es beginnt mir, zu gefallen. Der Hautkontakt mit meinem Harten bleibt nicht ohne Wirkung. Nina spürt ihn natürlich sehr genau und reibt ihren entzückenden Hintern an ihm. Das Lächeln, das ihre Lippen lüstern umspielt ist verlockend. „Du wirst schon wieder heiß, Roland, ich spür's genau. Ergeil dich nur ordentlich an mir."

Mit der einen Hand drücke ich ihr nun fester die Brust, mit der anderen halte ich ihr noch immer das Glas entgegen und lasse sie, nachdem mir Peter zugenickt hat, vorsichtig probieren. Obwohl sie nur einen winzigen Schluck zu sich nimmt, stößt sie unmittelbar danach laut den Atem aus und bekommt augenblicklich eine Gänsehaut, die den gesamten Körper erfasst. Ich betrachte mir fasziniert die außergewöhnliche, physische Reaktion, als Peter ihr bereits zärtlich zwischen die Beine streichelt und seine Hand hochgleitet an ihren Schritt. Er dringt aber nicht ein, sondern befühlt sie nur mit neugierigen Fingern und befindet kurz darauf:

„Oh wie erregt sie schon wieder ist, unsere Luststute, ich möchte nun gerne von ihr wiederholt haben, was sie mir eben gesagt hat, als sie den *Talisker* entdeckte, bevor wir ins Schlafzimmer gingen."

Nina schnurrt leise und wiegt sich in den Hüften, will sich gleichzeitig Peters Hand entgegen drängen und auch meinem Schwanz. Ihre Erregung aber nimmt von Sekunde zu Sekunde zu, und Peters Aufforderung trifft sie nicht gänzlich unvorbereitet. Etwas muss in meiner Abwesenheit passiert sein. Ich bin sehr gespannt und nach einer kleinen Weile beantwortet sie ihm die Frage, wenn auch nach mehrmaligem Räuspern.

„Ich will, dass ihr mich beide weiter ran nehmt, und Roland mich … mich in den Arsch fickt. Das geht mir schon den ganzen Abend durch den Kopf."

Nun bin ich es, der dringend einen Schluck von dem Whisky benötigt. Und zwar einen großen! Was hat Nina da gesagt? Sie will, dass ich sie anal penetriere? Dieser Wunsch kommt dermaßen locker von ihren Lippen, als sei es das Normalste der Welt, so als würde sie von mir wollen, dass ich sie küsse. Heiß rinnt mir der scharfe Alkohol durch die Kehle. Ich spüre die Wärme bis in den Magen und ich blicke Peter an. Der kommentiert den Wunsch aber nicht weiter, hebt stattdessen kurz sein Glas an, nickt mir bestätigend zu und greift Nina mit einer entschlossenen Bewegung fester an den Schritt, sodass sie erschrickt, und abermals den Atem ausstößt.

Ich aber lasse ihren Wunsch zunächst erst einmal in mich einwirken Ja, ich bin überrascht, doch auch auf der anderen Seite wiederum nicht. Nach allem, was wir bislang erlebt haben, wäre ein solcher Kontakt ein weiterer Gipfel der Wollust, überhaupt keine Frage, und ich bin mehr als bereit, diesen zu erklimmen. Nichts lieber als das! Ninas Hintereingang zu besuchen, kam mir heute Nachmittag ja selbst schon in den Sinn, als sie gefesselt vor mir lag. Kurz bevor Peter dazu kam, hatte ich den engen, dunklen Bereich schon vorgefühlt, und Nina hatte sich nicht dagegen verwehrt. Im Gegenteil, sie hatte lustvoll geschnurrt vor Verlangen. Und da schon war sie nicht abgeneigt gewesen, wollte es aber auf den Abend verschieben. Anscheinend hatte dieser Wunsch von mir doch mehr nachgewirkt und ausgelöst, als ich es vermutet hatte. Möglich auch, dass sie sich sogar darauf vorbereitet hatte, nach dem Essen, als auch sie im Bad gewesen war. Und dann hatte sie es

Peter erzählt? Dass sie sich gerne von mir in den Hintern vögeln lassen will? Anders kann ich Peters Nicken nicht deuten.

Meine Erregung hat weiter zugenommen und ich dränge mich jetzt noch lüsterner von hinten an sie heran. Eng halte ich sie mit dem rechten Arm umschlungen, in der Hand das Whiskyglas, mit der anderen geile ich mich weiter an ihren Brüsten auf. Ich drücke sie, zupfe und drehe an ihren Nippeln, küsse ihr am Hals entlang und beiße ihr sanft in die Schulter. Vor ihr steht Peter und reibt ihr noch immer zart die Perle, tunkt die Fingerkuppe gelegentlich zischen ihre Schamlippen und gemeinsam stimulieren wir sie weiter und uns natürlich mit dazu. Denn Peter sieht auf meine Hand an ihren Brüsten und Ninas geöffnete Lippen, wie sie leise stöhnt und unsere Behandlungen sehr genießt, und wie sehr ich mich an seiner nackten Frau errege.

Das muss ich ganz klar so benennen. Es ist nicht nur Nina, die immer schärfer und schärfer wird, sondern Peter und ich auch. Die Lust erfasst uns gleichermaßen und mit ihr die Gier. Nach einer Weile aber gleite ich von hinten zwischen ihre Beine, lasse Nina noch einmal am *Talisker* schnüffeln und überzeuge mich nun selbst davon, was er bei ihr auslöst. Zwei Finger führe ich ihr von hinten ein in den klitschnassen Lustbereich. Dann aber gleite ich zurück und durch ihre Poritze, drücke mit der Fingerkuppe gegen die Rosette.

„Ich will dich in Arsch ficken, Nina!", flüstere ich ihr ins Ohr. „Da bin ich den ganzen Tag schon scharf drauf." Rasch leere ich das Glas und stelle es ab.

„Oh Gott …! Roland, du Sau!", keucht sie und drängt sich meinem Finger entgegen. „Wie hart dein Schwanz schon wieder ist."

„Ein Arschfick sollte gut vorbereitet sein", sage ich leise und blicke Peter an. Und als er abermals nickt bin ich bereit und schlagartig bis in die Haarspitzen erregt. „Reiche mir doch bitte die Gleitcreme an, Peter, ich will das Luder ein wenig einstimmen."

Peter nimmt vom Nachttischchen eine kleine schwarze Flasche und erklärt fachmännisch: „Hier, Roland, Silikonöl. Wunderbar geeignet für anale Spiele, gemäß des Herstellers."

Ich lasse mir das Fläschchen geben und führe Nina vorsichtig zum Schminktisch. Eine entzückende Antiquität aus massivem Holz und gedrechselten Tischbeinen, der an der Längswand gegenüber dem Ehebett steht. Ein holzgerahmter Spiegel hängt an der Wand. „Beug dich mit dem Oberkörper über den Tisch, Nina", weise ich an. „Lege deine Unterarme und Hände auf, und streck deinen Arsch heraus. Bleib ganz locker und entspann dich. Und vor allem: Atme tief aus."

Klare und direkte Anweisungen haben noch nie geschadet und auch Nina kommt augenblicklich meiner Aufforderung nach. Ich streichle ihr zur Begrüßung zart über die Pobacken, bekunde meine Bewunderung für ihren wirklich exzellenten Hintern, dann öffne ich das Fläschchen und lasse reichlich Öl in meine rechte Hand laufen. Das Silikonöl fühlt sich ein wenig seltsam an. Und doch … die Konsistenz und Viskosität gefallen mir gut.

Langsam und genüsslich verteile ich es über ihre Poritze und auch über ihre Möse, ich finde es erregend, wenn sie glänzt, glitschig und rutschig ist. Außerdem muss sie gut gepflegt sein, die Möse, um weiterhin benutzbar zu bleiben, bilde ich mir lüstern ein.

Ninas Poloch ist zunächst tatsächlich sehr eng und ich beginne damit, die Rosette einzureiben und weich zu massieren. Nina entspannt sich offensichtlich gut, denn schon kurz darauf kann ich mit der Kuppe des Mittelfingers ein wenig in sie eindringen. Der Schließring ist plötzlich weich und nachgiebig. „Sehr gut, Nina", sage ich nach einer Weile lobend, als ich den Finger langsam, doch beständig tiefer in sie hinein schiebe. „Ja, schön locker lassen. Spürst du ihn? In ganzer Länge?" Vorsichtig bewege ich meinen Finger in ihr, lote aus, ob der zweite schon folgen kann und beuge mich kurz zu ihr nach vorne. „Du meldest dich, wenn dir irgendwas unangenehm wird, ok?"

„Natürlich Roland, Liebster, aber es ist wunderbar. Du kannst das richtig gut!"

Peter hat sich den kleinen Sessel herangezogen und es sich wieder bequem gemacht, mit Kennerblick sieht er zu und scheint es zu genießen, denn verträumt reibt er sich das harte Glied, in der anderen Hand das Whiskyglas. Auch Ninas hängende Brüste verzücken ihn, ich sehe es an seinen Blicken. Titten, die wie Glocken baumeln, ein Bild, dass ich auch sehr schätze, ich habe im Moment zwar hinten konzentriert zu tun, sehe es aber im großen Schminkspiegel sehr genau, wie erregend das aussieht. Ja, Nina hat wirklich sehr schöne Brüste. Immer wieder aufs Neue fällt es mir auf, und ich kann einfach nicht genug von ihnen bekommen. Sie sind für mich wie eine Droge, stelle ich einmal mehr fest. Dass ich inzwischen mit zwei Fingern ihren Hintereingang ein wenig dehne, scheint für sie kein Problem zu sein. Der Anblick ihres auf meinen Fingern förmlich aufgespießten Hinterns hat mein Glied weiter anschwellen lassen, so braucht es nur noch wenig Handarbeit, damit er für das Folgende gut vorbereitet ist. Um meinen Schwanz zu ölen, fahre ich mit der freien Hand durch die glitschige Möse, lasse es mir bei der Gelegenheit nicht nehmen, sie auch dort ein wenig zu stimulieren. „Hmmm … jaaa …!", gurrt sie, entspannt sich noch mehr unter dem doppelten Genuss. Diese triebhafte Stute! Alles will sie, am liebsten gleichzeitig, heftig und so oft es geht! Sodann öle ich mir nun selbst mein hartes Glied ein, stimuliere mich weiter und ziehe dann langsam meine Finger aus ihrem Anus heraus. Setze stattdessen meine Eichel an, drücke sie gegen den nun weichen Eingang. Mit einem kleinen Ruck dringe ich vorsichtig in sie ein. Nun keucht sie doch auf.

„Rück ein Stück zurück", weise ich an. „Damit ich dich besser ficken kann!" Peter ist ein wenig größer als ich, so muss sie für mich sich etwas tiefer halten, zu mühselig ist mir ansonsten das Eindringen im Stehen auf Zehenspitzen. Nach der kleinen Korrektur passt es wunderbar und sehr komfortabel. „Sehr schön", lobe ich auch sofort und so meine ich es auch. Was für ein außerordentliches Vergnügen, was für ein unzüchtiges Bild, das meine Augen erfreut und meine Lust weiter fördert. Langsam schiebe ich mich vor. Es ist nicht mein erster Analverkehr, doch die nachgiebige Enge, die mein Zepter umgibt, überrascht und erregt mich immer wieder aufs Neue. Erst recht in so einer Situation. Wann hat man schon den Ehemann der Gespielin dabei, der es genauso scharf findet wie die Akteure?

Peters Augen werden groß. Fasziniert schaut er uns zu und reibt sich den Kolben härter.

„Nun bekommst du deinen Ritt!" knurre ich, und dringe allmählich tiefer vor. Ich weiß genau, dass es auch schnell unangenehm werden kann für Nina und halte mich im Tempo noch ein wenig zurück. Als ein Drittel meines Schwanzes in ihr steckt, beginne ich sie langsam zu vögeln.

„Oh ja, so ist es gut", bestätigt mir Nina und ihr vorsichtiges Abwarten beginnt sich zu lösen, minimal bewegt sie ihr Becken, probiert sich aus. „Gib ihn mir ganz und härter. Bitte, darf ich die Augenbinde abnehmen? Ich will uns alle im Spiegel sehen."

Wir gestatten es ihr, und mit einem Ruck zieht sie sich das Seidentuch über den Kopf. Dass ich sie nun härter stoßen darf, lasse ich mir nicht zweimal sagen und erhöhe geringfügig das Tempo. Heftiger und fordernder werden schon bald meine Stöße und es dauert nur kurz, bis ich in ganzer Länge in sie eingedrungen bin.

„Ja!", ruft Peter. „Stoß ihr deinen Schwanz kräftig in den Arsch! Sie braucht es tatsächlich genau so! Ich sehe es an ihrem Blick!" Und zu Nina: „Na, was ist das für ein Gefühl, vor den Augen deines Ehemannes von einem anderen unzüchtig bestiegen zu werden? Bestimmt gefällt dir das, du kleines Miststück, hab ich Recht? Sieh mich an!"

„Ja, Liebster, es ist der Wahnsinn! Ich liebe dich!",
antwortet sie mit belegter Stimme und schaut Peter im
Spiegel mit glänzenden Augen an: „Dich dabei anzuse-
hen und deine Lust an unserem Treiben zu erkennen, ist
auch für mich der Gipfel der Versautheit."

Sie wirft ihm noch einen lustvollen Blick zu und gibt
sich weiter meinen Stößen hin, stimmt sich ein, passt
sich an. Ich habe meine Hände in ihre Pobacken ge-
krallt und penetriere weiter ihr enges Loch, weide mich
auch im Spiegelbild an meinem lüsternen Antlitz. Ist
das scharf!

Die intensive Vorarbeit hat sich gelohnt, Nina ist
wunderbar zugänglich. Ich werfe einen Blick auf Peter
und sehe, dass auch sein Schwanz steht und er ihn sich
bearbeitet.

Nach einer Weile intensivem Analverkehr benötige
ich allerdings eine Vögelpause, spüre in meinen Oberschenkel das erste Zucken der Eskalationsphase. Muss
mich zurücknehmen, oder mich sehr bald schon in Nina
entladen. So frage ich keuchend: „Was ist mit dir Peter? Willst du sie weiter vögeln? Vielleicht den anderen
Eingang?"

„Besorg du es ihr zu Ende, Roland! Ich will weiter
zusehen, mich erfreuen und wichsen! Sie dann auch unbedingt anspritzen!"

„Uuuhhh …!", stöhnt Nina und gerät in wollüstige
Rage. „Ihr perversen Schweine! Ist das geil, Jungs! Ihr
verfügt über mich, macht mich zum Lustobjekt! Dieses
unerhört schamlose Reden über mich, allein das schon
lässt mir die Lustsäfte tropfen aus meinem anderen
Loch" Und ungeduldig fügt sie hinzu: „Fick mich wei-

24

ter, Roland! Spritz mir in den Arsch! Ich brauch das jetzt und komme auch gleich! Bitte … keinen Tausch jetzt!"

Sie fasst sich mit der rechten Hand zwischen die Beine, reibt sich mit wachsendem Tempo die Klitoris, will auch ihren Orgasmus. So lasse ich mich gehen, starre in Ninas entrückten Blick, den sie mir im Spiegel zuwirft, ob sie mich aber wirklich sieht, oder durch mich hindurch sieht, ich vermag es nicht zu erkennen. So dann wandert mein Begehr ein klein wenig tiefer, auf die wippenden Brüste. Wie erregend sie im Takt meiner Stöße schaukeln … Nur eine Winzigkeit später erhöhe ich jetzt final mein Tempo, ich spüre sie steigen, die Säfte, und mein Schwanz, der schwillt noch ein wenig mehr an. Im nächsten Moment ergieße ich mich auch schon, und dies mit lautem Gebrüll. Vielleicht ist es auch mehr ein animalisches Grunzen, ich weiß es nicht genau. Es kommt tief aus meiner Kehle, und ich muss fast husten, so dermaßen kratzt er im Hals.

Unser gemeinsamer Höhepunkt ist gewaltig. Erneut kommen wir fast zeitgleich. Ich in ihrem exquisiten Darm, Peter wichst sich ebenfalls laut brüllend ab und ejakuliert unkontrolliert. Nina benötigt noch eine kleine Weile, reibt sich entschieden schneller und zielführend jetzt, dann aber durchfährt auch ihrem Körper ein Beben. Sie klemmt mir das Glied mit der Rosette, drückt mir somit noch den letzten Tropfen heraus und in sich hinein. Ich staune, welche Kraft sie in den Schließmuskel geben kann, es schmerzt mich sogar ein wenig.

Alle drei lassen wir keuchend und laut atmend diesen Wahnsinnshöhepunkt ausklingen. Langsam ziehe ich mich kurz darauf aus ihr zurück und sie lässt Kopf und Oberkörper auf die Kommode sinken.

Peter ist aufgestanden und nun ist er es, der sie zärtlich und vorsichtig führt, sie bittet, es sich auf dem Bett bequem zu machen. Dankbar lächelt sie zunächst ihn an, dann mich. Hinlegen will sie sich aber nicht, lehnt sich stattdessen lieber an die Kommode, stützt die Ellenbogen auf.

„Im Stehen hat mich noch niemand in den Arsch gefickt", sagt sie erschöpft, Sperma tropft ihr aus dem Po, und auch ihre Haare sind verklebt. Peter hat sich ebenfalls heftigst entladen, nur nicht sonderlich gut gezielt in seiner Gier. Ausgepumpt und schwer atmend hat er sich danach in den Sessel fallen lassen, jetzt ist er in die Küche gegangen, uns Wasser und Rotwein zu kredenzen. Ich trete dicht an Nina heran, umarme sie zärtlich. „Danke", haucht sie mir flüsternd ins Ohr. „Für das Geschenk, das hat sich sehr, sehr schön angefühlt, auch wenn ich morgen wohl Muskelkater haben werde. Auf dem Gebiet bist du eindeutig einfühlsamer als mein Mann. Das wiederholen wir beide unbedingt noch ein paar Mal, solange du hier bei uns bist. Ja? Das war wundervoll und absolut geil! Bitte …! Das war mein schönster Arschfick ever."

Trotz ihres flehentlichen Blicks ist diese leise Mitteilung gleichermaßen Wunsch wie Botschaft. Ich erahne, dass der Analsex mit Peter nicht so toll ist für Nina, und sie es vermutlich deshalb auch nur selten mit ihm betreibt. Warum das so ist, weiß ich natürlich nicht, am Umfang seines Schwanzes oder der Länge kann es eigentlich nicht liegen, so unterschiedlich sind unsere

Lustspender nicht, es muss mit dem Gefühl zu tun haben oder der Aufmerksamkeit. Oder mit dem Moment. Ich weiß natürlich, dass dies für viele Frauen ein höchst sensibler Bereich ist und gehe entsprechend achtsam dabei vor. Nina löst sich von mir, wischt mit Zellstofftüchern sich Po und Schenkel ab, entsorgt das vollgesogene, triefende Papier und krabbelt erschöpft ins Ehebett. Ich setze mich in den kleinen Sessel, in dem Peter eben noch saß und erwarte ihn mit den Getränken lieber hier als im Bett mit seiner Frau.

Es ist merkwürdig, trotz all der Nähe, der überschäumenden Lust, all dem Sex, der Vögelei, Küsserei und Zärtlichkeiten, die ich mit Nina austausche, wahre ich eine letzte Distanz zu ihr. Eine Grenze, die ich nicht überschreiten möchte. Respekt, Peter gegenüber, vertrete ich auf jeden Fall, will ihn weder düpieren, noch gefühlsmäßig zu nahe treten oder gar brüskieren. Ich bin ihrer beider frivoler Überraschungsgast auf Zeit, ja, oder anders ausgedrückt, und so fühlt es sich für mich viel besser an: Ich betreibe mehr als nur Freundschaft Plus mit den beiden. Etwas, das ich mir schon immer gewünscht habe. Und wenn ich es recht verstanden habe, ist es auch bei Peter und Nina so. Der Blick aber, mit dem sie mich nun ansieht, dahingeschmolzen, warm und weich, glücklich lächelnd, könnte ich auch noch anders interpretieren, traue mich aber nicht.

So findet Peter uns kurz darauf vor, lächelt ebenfalls und meint, was das für ein einmalig schönes Bild sei. Drei glückliche – ja, er wählt tatsächlich dieses Wort – zufriedene und satte Menschen. Er reicht uns die Getränke an, setzt sich zu seiner Frau aufs Bett und schweigend trinken wir. Zunächst das Wasser gierig, dann den Rotwein mit Bedacht.

Später liegen wir aneinander gekuschelt im Ehebett, ruhen uns schweigend aus. Ich verlasse etwas später aber dann doch das wabernde Wasserbett und verschwinde ins Bad. Erst will ich mir nur gründlich den Genitalbereich waschen, dann dusche ich aber doch. Seife mich ein, auch die Haare wasche ich im Schnelldurchlauf, putze mir noch die Zähne, und nach knapp 15 Minuten bin ich fertig. Ich ziehe mir einen Morgenmantel über, kehre zurück ins Schlafzimmer.

Mit ruhigen Worten teile ich den beiden mit, dass ich noch ein Weilchen an die frische Luft möchte und nachspüren, wünsche ihnen eine gute Nacht und gehe hinaus auf die Terrasse. Dort schenke ich mir noch ein Glas Rotwein ein.

Obwohl die Nacht mild und warm ist, weht doch ein leichter Wind und ich verziehe mich in den Schatten einer Mauer.

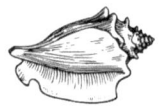

Zweites Kapitel

Sehnsucht

Kurze Zeit später sehe ich, wie im Bad das Licht angeht und noch jemand unter der Dusche verschwindet. Wasser rauscht und bald darauf kommt Nina, mit einem dünnen, kurzen Morgenmantel bekleidet, es ist eher eine Art Kimono, zu mir heraus auf die Terrasse.

Überrascht blicke ich ihr entgegen und sie begrüßt mich gar liebreizend.

„Peter ist eingeschlafen, ist es gestattet, junger Mann, mich ein Weilchen zu Ihnen zu setzen? Oder störe ich."

Ich lache auf und schenke auch ihr ein Glas Wein ein, meines fülle ich auf.

„Du störst mich nie, liebe Nina, komm, setz dich zu mir."

Still sitzen wir auf den gepolsterten Terrassenstühlen eng nebeneinander, Armlehne an Armlehne, Nina allerdings etwas schräg, einen Fuß hat sie untergeschoben, unter den herzallerliebsten Po, der mir vorhin noch so viel Lust bereitet hatte. Ihre schönen Beine sind fast gänzlich unbedeckt. Gedankenverloren nippen wir am Rotwein und blicken in den unendlichen Sternenhimmel.

Ich habe die beiden Windlichter entzündet, Behaglichkeit erfasst uns beide, die laue Ibizanacht ist ein Traum. Das beständige leicht schrille Zirpen der Zikaden lullt uns einerseits ein und macht uns anderseits auch wieder wach. Herrlich ist es hier. Ich fühle mich wohl wie selten zuvor.

Nach einer Weile lehnt Nina sich an meine Schulter. Zärtlich streiche ich ihr durchs Haar, atme ihren warmen Körperduft ein. Sie schnurrt wohlig und legt mir vertraut eine Hand auf den Oberschenkel gleitet in meinen Bademantel. Ich atme ruhig weiter, sie streichelt mich sinnlich. Streicht den Oberschenkel entlang mit spitzen Fingernägeln. Fast ein wenig verträumt und spielerisch. Bald aber auch an meine Genitalien, sie ertastet mein ruhendes Glied. Vorsichtig krault sie mich dort und fragt mit leiser Stimme:

„Und? Ist dein bester Freund gut geschafft? Ist er zufrieden mit dem, was er heute erlebt hat? Gut fühlt er sich nämlich an, so weich, so entspannt und auch … irgendwie fleischig-dick geschwollen."

Sie lächelt mich an. Der Kerzenschein gibt ihrem hübschen Gesicht ein magisches Aussehen, dann beugt sie sich zu mir und küsst mich mit zartfühlenden, weichen Lippen. Ich nehme Nina in den Arm und drücke meine Lippen leicht auf ihren Mund, begegne dem Kuss. Sehr zärtlich ist dieser Moment, innig und voll der Zuneigung. Meiner Gefühlsregung nach zu urteilen, geht es mir mehr als gut, es geht mir sehr gut. Mein Herz klopft. Ich spüre, wie Nina sich am liebsten an mich kuscheln würde, doch das geht nicht, hier auf den Stühlen, die Armlehnen sind im Weg. Um mir aber mit den Fingern den Schaft zu drücken, dafür reicht es dann doch. Noch immer unterstelle ich ihr eine gewisse Absichtslosigkeit, zärtlicher Natur und lasse es mir gern gefallen. Verträumt spiele ich mit den Fingerkuppen in ihrem Haar streiche ihr zart über den Nacken und die Schultern, spüre ihre Körperwärme, da flüstert sie mir ins Ohr:

„Küss mich, Roland, mir ist grad sehr danach. Bei mir ist innerlich ganz schön was los. Bitte, sag mir, dass du mich … magst."

Erschrocken habe den Atem angehalten, ich war ganz kurz davor zu denken, dass sie mir noch etwas anderes sagen würde. Doch das macht sie nicht, und ich auch nicht. Ich antworte:

„Ich mag dich sehr, Nina, du bist eine tolle Frau." Und wieder küssen wir uns. Jetzt allerdings schon mit einer anderen Intensität. Nina hat nicht damit aufgehört, mir die Genitalien zu streicheln, jetzt schließt sie die Hand zur Faust und drückt ihn ganz leicht. Himmel, denke ich, was macht die Frau da? Kriegt sie denn nie genug? Und ist es rechtens, jetzt, da Peter, ihr Mann, schläft, mich mit ihr auf der Terrasse zu erregen? Andererseits hatte er mir, uns, ausdrücklich freie Fahrt gewährt. Und dennoch widerstehe ich dem Impuls, ihr in den Kimono zu fassen, obwohl der Gürtel nur sehr locker gebunden ist, sondern streichele ihr erst die Wange und dann über den Rücken. Und halte sie im Arm. Leise fährt sie fort:

„Ich bin ganz schön aufgewühlt, lieber Roland, emotional aufgewühlt. Das war wirklich heftig heute. Erst das Ausgeliefertsein, als wir alleine waren, die Hände auf dem Rücken gebunden. Wie ihr beide mich dann rangenommen, es schamlos ausnutzet hattet. Und dann. noch … dieser Abend, angefangen mit dem Anziehen meiner Fick-mich-Stiefel und dem Sex allein mit Peter, bis zum finalen Analverkehr mit dir, das war die schärfste Nummer meines Lebens. Und das sage ich nicht einfach, um dir zu schmeicheln oder so, es stimmt wirklich. So bin ich noch nie gevögelt worden und von zwei Männern schon mal gar nicht und anal erst recht nicht."

„Und das alles an einem Tag", füge ich schmunzelnd hinzu. Sie sieht mich nachdenklich und mit leuchtenden Augen an, dann fügt sie hinzu:

„Dieser *Talisker* macht mich aber auch jeck. Ehrlich!"

Sie kichert auf und ich grinse sie glücklich an. Was für eine Frau, denke ich, was für ein unglaubliches Weib. Dazu so dermaßen offen und ehrlich, von ihrer Lustgier ganz zu schweigen. Wie schön sie ist und wie verdammt erregend. Nie hatte ich eine andere Frau wie sie kennen gelernt. Kommt sie mir manchmal vor wie eine freche Göre oder neugieriges Mädchen, ist sie schon im nächsten Moment der aufregendste Vamp aller Zeiten und dann auch wieder die süßeste und liebste Kuschelmaus, die man sich vorstellen kann. Ganz zu schweigen von ihrer Empathie und Weitsicht. Und das Schönste ist, sie ist in allem authentisch. In jeder Gefühlsregung absolut sie selbst. Sie ist gleichermaßen Sonnenschein wie Stern am Firmament. In eine solche Frau kann man sich einfach nur verlieben.

Schnell nehme ich noch einen Schluck Rotwein, dann frage ich direkt. „Da ist doch noch etwas. Sag, was hast du auf dem Herzen?"

Nina zieht ihre Hand von meinem Schritt zurück, trinkt auch noch einen Schluck, dann sieht sie mich an, überlegt, schüttelt leicht den Kopf und sagt dann leise: „Dieser Analverkehr, der war nicht immer so einfach, so schön und intensiv, wie jetzt mit dir. Ich praktiziere ihn aufgrund einiger Vorfälle, die vor Peters Zeit lagen, nur noch höchst ungern und dementsprechend auch nur selten, und ganz ehrlich, mit Peter bringt mir das auch keinen rechten Spaß. Frag mich nicht warum, das passt irgendwie nicht. Was aber unserer Liebe und auch unserer Lust keinen Abbruch leistet, oder mindert, wie du ja sehen kannst. Dennoch lag immer eine tiefe Sehnsucht darin, genauer: eine geile Gier, mich auch dort nehmen zu lassen. Und seit du da bist, mein Lieber, hier bei uns, ändert sich plötzlich alles. In solch wollüstiger Hitze habe ich Peter noch nie gesehen, und wir sind schon eine ganze Weile zusammen, das kannst du mir glauben. Ich kann gut verstehen, wie er vorhin reagiert hat, als er sah, wie du mich … na ja, du weißt schon … in den Arsch gevögelt hast. Dass er sich am bloßen Zuschauen bis zur Ekstase aufgegeilt und es sich selbst gemacht hat. Und … mich dann angespritzt hat", fügt sie kokett grinsend hinzu.

Der Gedanke daran scheint sie in Aufruhr zu versetzen. Wird dann aber wieder weich und nachdenklich, spürt nach, was genau es denn ist. „Und plötzlich schneit uns da ein Roland ins Haus, du. Und was passiert? Ich habe das Gefühl, ich werde von Tag zu Tag sexueller. Rattiger, wie ich es gerne sage. Was entscheidend mit deinem Eintreffen hier zu tun hat."

Ich widerstehe noch immer dem Impuls, ihr in den Kimono zu fassen und die Brüste zu streicheln, obwohl es mich schon mächtig genau dorthin zieht. Denn mich betören ihre Worte. Stattdessen nehme ich auch noch einen Schluck Wein, höre weiter zu. Sie lächelt mich an, fast ein wenig verliebt sieht sie aus. „Ich mag dich wirklich, Roland, wirklich sehr, und ich bin so froh, dass du da bist. Am liebsten will ich dich gar nicht mehr fort gehen lassen."

Ich sehe sie verblüfft an, denn sie hat Tränen in den Augen.

„Ich mag dich auch, Nina, und … etwas Ähnliches hat mir Peter letztens auch erzählt, dass auch er mich mag, ohne schwul oder bi zu sein, fügte er hinzu." Ich grinse, und sie muss nun doch lachen.

„Typisch Peter, immer diese merkwürdige Angst, unvermittelt plötzlich schwul zu werden."

„Das ist gar nicht mal so abwegig, meistens ist nämlich da was dran, wenn das Unterbewusstsein uns solche Signale sendet."

„Ja, da magst du Recht haben, und selbst ich denke mir manchmal, ob da nicht was dran ist, dass er vielleicht doch ein kleines bisschen bi ist", sagt sie nachdenklich und fügt hinzu: „Was auch okay wäre für mich, solange es eben nur ein bisschen bi ist, und er mir nicht mit einem anderen Mann abhaut."

„Na, das glaube ich nun wirklich nicht," entgegne ich mit schelmischem Grinsen. „Aber was ich sagen will, ich mag Peter wirklich auch sehr, er ist ein wirklich toller Mann."

„Ja, das sagt er auch von dir, er mag dich auch, findet dich sympathisch und schätzt vor allem deine wundervolle, unkomplizierte Art. Ich bin wirklich gespannt, was ihr noch so für weitere Gemeinsamkeiten herausfinden werdet. Das Schwulsein wird es aller Voraussicht nach nicht sein." Wir lachen uns an, dann prosten wir uns noch einmal zu und Nina fährt fort:. „Das Erstaunliche ist aber, wie sehr er sich in sexueller Hinsicht verändert hat. Der Sex mit ihm war immer schön, gar keine Frage, jetzt aber, seit du da bist, blüht er regelrecht auf. Er hat plötzlich Zugang gefunden zu all den Versautheiten, die da irgendwo bei ihm eingesperrt und zurückgehalten worden sind. Traut sich jetzt auch ganz frei heraus, *Dirty Talk* zu reden und nimmt mich völlig anders ran, als noch zuvor. Wesentlich hemmungsloser. Und das hat auf jeden Fall etwas mit dir zu tun und wie du auf mich stehst. Es macht ihn beispielsweise unglaublich scharf, wenn er mitbekommt, wie sehr du auf meine Brüste stehst und wenn wir uns küssen und er sieht, dass du mich auch wirklich magst und nicht nur mal eben so mit mir vögeln willst. Ich glaube, das ist das Erstaunliche daran, an unserer Dreierkonstellation."

Wieder verfallen wir in nachdenkliches Schweigen. Müdigkeit macht sich bei mir breit und mir ist auch ein wenig kühl, die Anstrengungen machen sich bemerkbar.

„Es ist schon spät", sage ich schließlich, „wir sollten allmählich schlafen gehen".

„Komm mit zurück in unser Schlafzimmer, in unser Ehebett, mein Hausfreund", antwortet Nina zu meiner

Überraschung. „Ich möchte dich heute Nacht bei mir haben, euch beide. Ich bin emotional immer noch total aufgewühlt. Obwohl der Rotwein und das Gespräch mit dir mir gerade sehr gut tut. Unser Bett ist groß genug."

„Und morgen dann Cappuccino für alle und den kleinen Weckdienst?", frage ich neckend. Aber ist mir das jetzt recht, mit ihr ins Ehebett zu steigen? Warum nicht, denke ich, warum nicht. Umziehen kann ich ja, so wie gestern auch, immer noch, allerdings bin ich doch rechtschaffen müde.

„Weißt du, Roland … Vorhin, als ich nackt und mit der Augenbinde im Schlafzimmer gestanden hatte und du dich von hinten an mich gedrängt und mir die Brüste liebkost und gedrückt hattest … weißt du, was ich da gefühlt und gedacht hatte?"

„Nein", antworte ich verblüfft. „Was denn?"

„Dass ein Mann, der sich so aufmerksam um meine Brüste kümmert, mich schon verdammt liebhaben muss. Da lag so viel Gefühl in der linken Hand, ich habe fast gebrannt vor innerem Feuer, das du in dem Moment in mir entfacht hattest. Ganz ehrlich jetzt!"

Wir erheben uns aus den Stühlen, stehen dicht voreinander, schauen uns in die Augen, nehmen uns in die Arme … und plötzlich pressen wir uns doch ganz eng aneinander. Und küssen uns! Aber wie. Nix müde oder ausgelaugt, die Leidenschaft ist urplötzlich wieder da. Unterschwellig war sie die ganze Zeit schon vorhanden, nun aber bricht sie offen hervor, erfasst uns beide schlagartig und mit heißer Vehemenz. Gieriges Stöhnen mischt sich in unsere Küsse.

„Natürlich der kleine Weckdienst für euch beide", bringt sie zwischen zwei Küssen hervor. „Und am liebsten schon direkt sofort. Ich bin schon wieder feucht. Du machst mich so an, Roland, weißt du das? Das ist unglaublich! Fass mir endlich an die Titten! Ich will das schon die ganze Zeit! Sie gieren förmlich nach dir!"

Und so kann ich nicht anders, ihr Kimono hat sich geöffnet und ich greife ihr jetzt doch an die Brüste. Denn auch meine Gier erwacht. Auch mein Schwanz regt sich mit Nachdruck und schamlos fasst Nina mich dort sofort an. Ich knurre auf. Er brennt zwar ein wenig, was ihn aber nicht hindert, erneut hart zu werden. Zumindest ein wenig. Doch Nina bearbeitet mich weiter. Eine Hand an ihrer Brust, fühle ich mit der anderen nach, zwischen ihren Beinen, ob das auch stimmt mit der Feuchte. Feucht ist allerdings ein wenig untertrieben, sie ist nass und japst sofort lüstern auf, als ich sie dort berühre und in sie eindringe.

„Fick mich!" wimmert sie. „Jetzt sofort! Hier auf der Terrasse. So wie in der Umkleidekabine am Strand. Ein Quickie und dann können wir auch schlafen gehen. Ja?"

„Deine geilen Titten sind meine Zündkerzen, noch nie hat mich eine Frau so heiß gemacht, wie du, Nina. Und das andauernd."

„Wir dürfen uns hingeben, uns suhlen, wann immer wir es wollen. Peter hats gesagt, also machen wir es. Fick mich, Roland! Bitte fick mich! Jetzt! Ich bin dir erlegen. Schon vom ersten Moment an. Schon als ich dich das erste Mal sah, unten am Strand."

Sie hat ihn mir wieder steinhart gerieben, sie, das Triebtierchen, und ich reiße ihr mit erwachter Gier den Kimono vom Körper. Nackt steht sie vor mir und ich beuge sie energisch mit einem Ruck über die Verandabrüstung.

„Du willst es? Du bekommst es!", wüte ich, und schon im nächsten Moment zerre ich mir den Bademantel vom Leib, beuge Nina noch weiter vor und gleite wie von selbst von hinten in die Empfangsbereite hinein. Hart und kräftig sind meine Stöße vom ersten Moment an, und sodann auch vereinzelte Schläge mit der flachen Hand auf die Pobacken, das stachelt sie noch weiter an.

„Oh wie geil!", entflammt sie sich. „Ja, schlag mich, du geiles Schwein! Das habe ich mir auch schon immer gewünscht."

Wieder glaube ich nicht recht zu hören, wieder überrascht sie mich. Ich schlage gelegentlich nämlich wirklich gerne nackte Weiberärsche, es führt mich hin zur Raserei, und … ich mache es direkt noch einmal. Vier Schläge mit der flachen Hand auf den Nackten, jetzt sogar noch fester, während ich sie *a tergo* penetriere. Das Klatschen macht zwar reichlich Krach, aber wieder ist es uns egal. Genau wie in der Umkleidekabine.

Die Umkleidekabine … ist es erst ein paar Tage her? Mir kommt es so vor, als kenne ich die Besitzer schon viel länger, als würde ich schon ewig mit Nina Sex haben.

Nach einer Weile aber verlangsame ich mein Tempo, will plötzlich doch nicht nur einen schnellen Quickie, rede mir ein, es ist meine Erschöpfung, doch mein Herz sagt mir etwas anderes. Ich will Nina so nah wie möglich sein. Sie spüren. Sie nimmt die Veränderung in mir wahr, sensibel wie sie ist, stöhnt leise auf, und dann stammelt sie:

„Oh Roland … ich wünschte, Du würdest uns nie verlassen, immer bei uns bleiben!"

„Nina...", mehr kann ich nicht sagen, nur ihren Namen.

„Ich könnt gerade losheulen, Roland …"

„Ich bin superglücklich, so wie noch nie."

„Ich auch, Liebster, ich auch!"

Einem Stromstoß gleich durchzuckt es mich, die Gänsehaut, die mich urplötzlich überzieht, kommt Elektrizität nahe. Das, was wir uns hier gerade gestehen, ist mehr als nur ein ‚ich mag dich!', dessen bin ich mir gewiss, das spüre ich. Die Wärme, die mich überzieht, erreicht mich im tiefsten Inneren. Zeitgleich bahnt sich mein Orgasmus seinen Weg, steigt auf, und Nina schreit. Sie schreit in den sternenklaren Ibizahimmel. Nicht laut, aber doch ein Schrei. Vor Glück, vor Wonne, vor Lust, vor Sehnsucht, vor Leben.

Wir liegen im Bett, Nina in der Mitte, mir zu gewandt. Peter liegt auf der Seite, mit dem Rücken zu uns und schnarcht. Leise sind wir ins Schlafzimmer geschlichen und Nina hat mir Ohrstöpsel gegeben und sich auch welche aus der Schachtel geangelt. Bevor ich sie mir einführe, flüstert sie noch kichernd:

„Mir brennt der Arsch, du strenger Mann." Ich grinse in die Dunkelheit hinein, gebe ihr einen Kuss und flüstere:

„So soll es ja auch sein, ein kleines Andenken, und nun schlaf, Süße, gute Nacht."

„Gute Nacht, du verrückter Kerl du, schlaf gut." Dass mein Schwanz sich ein wenig arg belastet anfühlt, stört mich jetzt nicht sonderlich, doch plötzlich flüstert sie doch noch mal und dreht sich zu mir hin. Ist mir ganz nah. Und ich ziehe mir einen Ohrstöpsel heraus. „Roland?"

„Ja?", flüstere ich zurück. Ihre Stimme, so nah an meinem Ohr, ihr Atem …

„Das was ich dir eben über meine Brüste gesagt habe, das stimmt wirklich. Sie sehnen sich nach dir. Ich kanns kaum selbst beschreiben, was das ist. Dass ich total darauf stehe, dass du sie so liebst und begehrst und du dich an ihnen immer wieder aufs Neue auch aufgeilst, das habe ich ja schon mitbekommen, und es macht mich rasend an, dass das so ist. Nun aber … Wie soll ich sagen, spüre ich plötzlich eine neue Dimension."

„Wie meinst du das?, flüstere ich überrascht.

„Seit vorhin mit dem torfigen *Talisker*. Jetzt ist es plötzlich so, dass meine Titten nach dir gieren. Nach deinen Händen. Es kaum noch abwarten können, bis du sie endlich anfasst. Und eine direkte Verbindung zu meiner Möse besteht. Zwischen Nippel und Klitoris. Als du mir die Nippel gezwirbelt hattest, schoss mir ein Stromschlag gleich was ich die Klit. Ehrlich jetzt. Und jetzt, wo ich dir ganz nah bin, zieht es meine Nippel förmlich zu dir hin. So hart und so steif sind sie schon wieder, es ist kaum zum aushalten. Und somit zieht es meine kompletten Brüste mit." Sie richtet sich ein wenig auf, zieht eine Brust aus ihrem Negligé und hält sie mir entgegen. „Da! Sieh! … Saug das freche Stück!"

Ihre Worte erregen mich schon wieder bis aufs Blut. Kann es sein, ist es wirklich möglich, dass Ninas heiße, unendlich scharfen Brüste … Einem Drogensüchtigen gleich hebe ich den Kopf, muss sie aber erst einmal anfassen, mit ganzer Hand.

„Deine Titten …!", keuche ich und augenblicklich ist das Verlangen wieder da, diese unstillbare Gier. „Hol sie raus, alle beide! Zeig mir deine Titten, ja, ich will deine Titten sehen! Oh man … Was ist das nur? Ich bin süchtig nach ihnen, ich! Und du nun auch? Nach meinen Händen? Gib sie mir! … Bitte", füge ich dann doch noch hinzu. „Ich brauche sie so sehr. Ich muss sie saugen! Mein Lebenselixier!"

Ich übertreibe absichtlich ein bisschen, aber dennoch, dass ich so dermaßen scharf auf Nina Brüste bin, das ist wirklich schon ein Thema. Eins das auffällt. Und jetzt macht das Luder da sogar noch Werbung mit? Dass ich auf Brüste stehe? Werbung bei den anderen Frauen, die ich auf unserer Sommerparty kennenlerne werde. Inéz, Alexa, Carina, Daniela, Costanza.

Und wenn das wirklich so ist? Wenn Nina diese Energie selbst am eigenen Körper spürt, und ihre Brüste darauf reagieren? Ich beuge mich vor und lutsche erst am Vorhof und dann auch an dem Nippel. Und Nina hat Recht, sie sind definitiv steinhart und auch Ungewöhnlich lang, so wie sie sich aufgerichtet haben.

„Sieh nur, das war vor kurzem noch nicht so, nicht annähernd so wie jetzt. Und sie sind auch total sensibel geworden. Nicht was die scharfe Behandlung betrifft, sondern, dass sie etwas spüren. Ja! Doch! Dich, Roland, dich! Deine Gier und deine Geilheit auf meine Brüste. Und Irgendwie denke ich den ganzen Abend schon, sind das nun eigentlich Brüste oder sind das voll die geilen Titten. Was meinst du denn?"

„Es sind Magneten, Nina", antworte ich zu ihrer großen Überraschung und sie starrt mich in der Dunkelheit an und ich drücke ihr weiter die dargereichten, hinreißend schönen Brüste und zupfe und sauge ihr die Nippel, küsse sie und schlecke sie mit der Zunge ab.

„Wie … Magnete …?", fragt sie ungläubig nach und stöhnt auch wieder vor Wollust auf.

„Meine Hände, nach denen sich deine Brüste sehnen, sehnen sich auch nach nichts anderem, als nach deinen Titten, Und die Magnete wollen immer zusammen kommen."

„Interessanter Vergleich", lacht sie vergnügt, „das wär ja mal süß. Das müssen wir morgen unbedingt noch mal ausprobieren, ja?", kichert sie doch glatt und amüsiert sich selbst darüber.

„Ja, auf jeden Fall müssen wir das", schmunzel auch ich jetzt in die Dunkelheit. „Denn es ist Tatsache, seit ich dir zum ersten Mal nahe gekommen war, geht es mir so. Dass deine Brüste mich wie magisch anziehen und ich eine schon fast unstillbare Sehsucht nach ihnen habe, und mich eine bislang noch nicht gekannte Gier regelrecht zieht. Zu ihnen hinzieht."

„Genauso ist das seit Neuestem mit meinen beiden Süßen auch. Anfangs war ich ja noch ein wenig irritiert darüber, doch als es immer stärker wurde, da machte ich mir dann doch mal ernsthafte Gedanken darüber. Seit ich bemerkt habe, wie sehr du auf meine Titten stehst. Tja, das passiert mir bei anderen Männern zwar auch, bei dir aber ist das noch ganz etwas anderes. Magnetismus also … aha!"

Mit dieser Vorstellung oder Antwort kann sie jetzt plötzlich erst einmal leben, ist zufrieden. Sie kuschelt ihren Hintern an mich heran und zieht meine Hand an ihre Brust, sodass ich nun ebenfalls sehr dicht von hinten an sie gedrückt liege und wohlig fasse ich zu. Ihre heiße Brust, und tatsächlich, ihr Nippel kitzelt mir den Handteller. Und im nächsten Moment schlafe ich ein.

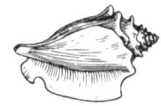

Drittel Kapitel
Ausflug

Ich wache davon auf, dass eine zarte Frauenstimme ein „Guten Morgen, meine Herren, ein neuer Tag auf Ibiza, die Sonne scheint", sagt und Kaffeearoma in meine Nase steigt. Ich weiß zunächst nicht wo ich bin und benötige einen Moment, um klar zu sehen. Die Ohrstöpsel sind im Schlaf herausgerutscht und als ich meinen Kopf wende, blicke ich in Peters überraschtes Gesicht. Langsam fällt es mir wieder ein, warum ich im Schlafzimmer meiner Gastgeber liege. Ich wünsche ebenfalls einen Guten Morgen und sage dann, fast entschuldigend zu Peter:

„Nina hatte letzte Nacht wieder das Bedürfnis nach zwei Männern im Ehebett … und diesmal bin ich einfach hier geblieben."

Peter hebt die Hand, winkt und meint:

„Guten Morgen, ist kein Problem, mein Lieber, alles okay, und so wie es aussieht, gibt es Kaffee ans Bett."

Kaffee ans Bett finde ich immer gut, oh ja. Ein kurzer Stich, den ich innerlich fühle, lässt aber plötzlich eine berechtigte Frage in mir aufsteigen: Gehe ich den beiden nicht irgendwie auch auf die Nerven? Nicht im Sinne von: Was will der Kerl hier? Sondern ich denke, ist es nicht ein Zuviel an Nähe? Übersteigt das nicht die Gastfreundschaft? Einen Moment lang jedenfalls überkommt mich dieser Gedanke, denn ich bin es, der dies nicht gewohnt ist. Wie lange lebe ich nun schon allein?

44

Neun Jahre? Abgesehen von gelegentlichen Wochen-
endbesuchen einzelner Damen bei mir zu Hause, kenne
ich dieses Gefühl von gemeinsamen Aktivitäten schon
lange nicht mehr. Nun ist es bereits der dritte Tag, den
wir in größter Vertrautheit miteinander verbringen. Wie
lange kann das gut gehen?

Doch meine Sorgen scheinen unberechtigt, denn
Nina strahlt wie die Sonne. Ihre Heiterkeit ist dermaßen
erfrischend, weht einer unwiderstehlichen Windböe
gleich all meine Bedenken hinfort, weit aufs offene
Meer hinaus, und nur zu gerne lasse ich mich von ihr in
den neuen Tag erwecken. Ja, Nina und Peter erwecken
auch etwas in mir. Etwas, das ich längst verschüttet
glaubte. Meine Zuversicht und Lebensfreude. Meinen
Glauben an eine reine, liebevolle Partnerschaft. An echte Freundschaft, an Respekt und Miteinander, an Gön-
nen können und entgegennehmen, an empfangen und
schenken. Annehmen und teilen, zurückgeben. Ein
gleichberechtigtes Team sein, die eigenen Stärken för-
dern, sich einbringen und sie ausleben … Ich stoße den
Atem aus. Wie gerne würde all dies auch ich leben. Die
Sehnsucht danach klopft bei mir an. Hat im Grunde
schon am ersten Abend bei mir angeklopft. Es verwundert mich nicht, dass sich meine eigenen Glaubenssätze
auch immer wieder bei mir melden, sich so einfach
nicht verdrängen lassen wollen aus der Komfortzone
meines Unterbewusstseins. Einer der übleren Sorte dieser Glaubenssätze lautet: ‚Ich bin es nicht wert!'

Die Nina-Sonne schickt sie zurück in die Dunkelheit
ihres Verlieses. Sie lässt auch mich erstrahlen. Das Gefühl, dass sich in dem Moment in mir ausbreitet, ist un-

beschreiblich, denn ich fühle es. Am ganzen Körper fühle ich es. Die Ehrlichkeit! Nicht Egoismus und Berechnungen bestimmen ihr Handeln, sondern pure Herzlichkeit. Und Lust! Lust auf mich! Mich, Roland. Ich bin gleichermaßen berührt und auch erregt ob dieser Erkenntnis und spüre, wie sich mein Grinsen nicht eine Sekunde länger zurückhalten lassen will, um sich in Gänze in meinem Gesicht auszubreiten.

„Cappuccino für alle", lächelt Nina und stellt das Tablett auf dem Schminktisch ab. Jener Schminktisch, wo sie noch vor ein paar Stunden erst …

Sie reicht uns die Becher an. Süß sieht sie wieder aus, denn sie trägt nur ein weites Männerhemd von Peter, dass ihr über den nackten Po reicht, jedoch sind die obersten drei Knöpfe geöffnet. Sie beugt sich vor und reicht uns den Kaffee an. Peter und ich können einen ersten Einblick genießen. Wahnsinnig sexy sieht Nina schon wieder aus.

„Und das am frühen Morgen!", kann ich mir nicht verkneifen, lüstern zu bemerken, dann richte ich mich auf und lehne mich an das Rückenteil des Bettes, nehme Nina den Kaffeebecher ab und lächle sie an. Sie tänzelt hüftschwingend um das Bett herum und gibt Peter einen Kuss. Liebevoll streichelt sie ihm über den Kopf und wünscht ihm persönlich einen guten Morgen. Dann setzt sie sich wieder in Bewegung, wir Männer folgen ihr mit neugierigem Blick, und sie kommt zu mir ans Bett, lächelt mich an und gibt auch mir einen Kuss. Eigenartig, denke ich, dieser Guten-Morgen-Kuss fühlt sich ganz anders an, als der von gestern Morgen. Viel gefühlvoller. Weit hat sie sich zu mir heruntergebeugt, weit steht ihr das Hemd offen, das Gestreifte, und ihre Augen blitzen. Vor Vergnügen? Vor Verlangen? Vor Magnetismus?

„Oh, was würde ich nur dafür geben, meinen beiden Männern jeden Morgen den Cappuccino ans Bett zu bringen", seufzt sie, und ich spüre, dass sie es ernst meint, dass es nicht nur einfach daher gesagte Worte sind, dass Wehmut in ihnen mitschwingt.

„Komm ins Bett, mein Schatz", lädt Peter sie ein, „und lass uns gemeinsam zu dritt Kaffee trinken. Im Bett. So lasse ich mir das gefallen."

Augenblicklich kommt sie zu uns ins Bett gehüpft. Aber nicht unter die Decke, sondern sie kniet sich aufrecht zwischen unsere Beine, nimmt den Kaffeebecher zur Hand, schlürft geräuschvoll und blickt uns nacheinander in die Augen.

„Also, meine Herren, wir unternehmen heute einen großen Tagesausflug. Roland soll doch auch noch ein bisschen mehr sehen von dieser wunderbaren Insel, als immer nur meine Titten, oder?" Wieder lacht sie kurz auf und fährt dann fort: „Gleich gibt's erst mal Frühstück. Danach machen wir uns frisch, ziehen uns an und fahren los, die Insel erkunden. In Gegenden, in die nur selten Touristen hin kommen. Gegen Mittag werden wir irgendwo eine Kleinigkeit essen, und dann fahren wir zum Einkaufen nach Ibiza-Stadt. Schließlich ist morgen die Party, und wir brauchen noch ein paar Dinge. Vielleicht schauen wir auch kurz mal bei Carina rein, in die Boutique, auf ein Glas Cava."

Sie grinst breit, das kleine Luder, ihr sitzt der Schalk im Nacken, ich seh`s genau. Herausfordernd blickt sie

Peter in die Augen und ich sehe, wie er kurz zusammenzuckt, als der Name Carina fällt. Steckt doch mehr dahinter, als nur ein kurzer Einkaufsflirt? Nina scheint sehr genau zu wissen, wie es um Peters Gefühle und Gelüste zu Carina steht.

„Je nachdem wie spät es ist und wie uns der Sinn steht", nimmt sie den Faden wieder auf, „fahren wir vielleicht auch noch an unseren Lieblingsstrand, einsam gelegen und genießen den Spätnachmittag. Danach dann zurück, frisch machen, einen kleinen Aperitif, und dann … gehen wir essen. Die Küche bleibt heute kalt. Wir ziehen uns schick an und fahren zu *Romero*, unserem first class Lieblings-Restaurant hier auf der Insel. Hoch oben auf den Klippen gelegen. Ein traumhafter Blick übers Meer, und eine exzellente Küche. Roland ist unser Gast, ist eingeladen. Na, was meint ihr?"

Zur Unterstützung drückt Nina mit ganzer Faust einmal kurz Peters Schwengel. Der zuckt zusammen und verschüttet fast seinen Kaffee. Hastig leert er den Becher, stellt ihn ab und beeilt sich zu antworten:

„Wow! Super Idee, mein Schatz. Besonders das Essen bei *Romero* ist der Hammer!"

Was genau zwischen den beiden auch abläuft, mir scheint, es ist ein Trick von Nina, ihren Peter zu begeistern. Wenn es ums Essen geht, ist er immer sehr schnell Feuer und Flamme. So viel habe ich in den Tagen schon mitbekommen.

„Ich will doch sehr hoffen, dass du uns jetzt weiter belohnst, Schatz, außer mit deiner so tollen Tagesplanung, nämlich mit einem deftigen Frühstück. Mir knurrt sowas von der Magen."

„Na, dann schwingt euch mal aus den Federn, Frühstück ist in 10 Minuten fertig!"

Unser Tagesausflug ist traumhaft schön. Ibiza haut mich zwar landschaftlich nicht vom Hocker, um es etwas salopp zu formulieren, doch ist das Landesinnere erstaunlich dünn besiedelt und absolut naturbelassen. In Peters Geländewagen fahren wir weite Strecken abseits der gut ausgebauten Hauptstraßen, die entlang der wild zerklüfteten Küste mit ihren Touristenzentren und Hotelburgen führen und später hinein in eine teils unbewohnte Hügellandschaft. Hohe Berge sind nicht vorhanden, dafür eine Unzahl von Hügeln und auch weiten Flächen. Einsam wirkt es. Nur vereinzelt ein Haus, ein Hof, auch kleine Haciendas, die aber alle weit verstreut liegen. Bemerkenswert sind die steinernen Türme, die mir immer wieder in exponierten Lagen auffallen. Als ich nachfrage, erklärt Peter mir, dass Ibiza eine sehr bewegte Geschichte hat, die Einwohner mehrfach fast zur Gänze dezimiert wurden, durch Verschleppungen und Menschenraub, nicht zuletzt durch Piraten, was sich erst änderte, als die Ibizenkas anfingen, selber zu Korsaren zu werden und Schiffe im Mittelmeerraum aufzubringen. Ich sitze auf dem Beifahrersitz und lausche Peters spannenden Erzählungen. Er kennt sich wirklich gut aus. So erfahre ich von den verschiedenen Herrschaftsepochen, von den alten Katalanen, Mauren, Vandalen, Phöniziern, Römern und immer wieder von grausamen Piratengeschichten.

Nina sitzt zumeist schweigend hinter mir, wirft hin und wieder ein paar Ergänzungen ein, auch sie ist bewandert in der ibizenkischen Geschichte. Einmal, als ich mich nach hinten zu ihr umdrehe, sehe ich, wie sie etwas in ihr Handy tippt. Ich sage aber nichts. Nina zwinkert mir verschwörerisch zu und schweigt ebenfalls.

Unser Mittagsmahl ist schlicht. In einer – Peter bekannten – kleinen Ortschaft verzehren wir überaus köstliche gegrillte Lammkoteletts mit knackigem Salat und frischem Brot, genießen einen typischen *Hierbas Niencas*, ein Kräuterlikör aus Thymian, Rosmarin, Fenchel, Zitronenstrauch und Anispflanzen. Ein ausgezeichneter Digestif, den ich allerdings schon von zu Hause kenne, der aber hier unvergleichlich besser schmeckt.

Ganz anders hingegen ist das Leben in Ibiza-Stadt. Nach der beschaulichen und ruhigen Hinterlandserkundung ist es ein kleiner Schock für mich. Doch Nina hatte mich vorgewarnt und gut vorbereitet. Das laute Treiben wirkt zunächst verwirrend auf mich. Das legt und ändert sich aber schnell, als Peter dann meine Aufmerksamkeit auf die zahlreichen weiblichen Schönheiten lenkt. Die vielen Hübschen und Reichen, die Touristinnen, die zahlreichen Urlauberinnen, aber auch Einwohnerinnen sind nicht zu übersehen und sehr viel nackte, gebräunte Haut blitzt offen hervor.

„Hier pulsiert das Leben", lacht er, „natürlich besonders nachts. Es gibt in Ibiza-Stadt einige Clubs und Discotheken mit über 5.000 Partygästen ... Pro Nacht! Du glaubst nicht, was hier los ist."

„Grauenhaft", stöhnt Nina vom Rücksitz. „Gar nicht mein Ding."

Nach einem ausgedehnten Einkaufsbummel in einem Supermarkt stellen wir das Auto auf einem der Parkplätze in der Nähe des Hafens ab und machen uns zu Fuß dann weiter auf den Weg. Dermaßen viele, gutaussehende Frauen schlendern und flanieren durch die engen Straßen, ich weiß teilweise gar nicht, wo ich zuerst hingucken soll, und alle sind sie gut gelaunt und auch in Flirtstimmung. Das ist wirklich auffällig.

Nina hat sich bei uns beiden untergehakt, auch sie fällt auf in ihren knappen Hot Pants, den Riemchensandalen und dem engen Top, das ihre festen Brüste besonders gut betont. Sie erntet manch anerkennenden Blick von knackigen Jünglingen und natürlich auch von vornehmen, älteren Herren. Doch oft müssen wir einfach hintereinander gehen, können gar nicht anders, denn die Straßen sind eng und voller Menschen.

Mir wird heiß, ich schwitze leicht und könnte jetzt gut eine Erfrischung gebrauchen.

„Da vorne!", ruft Nina, „Carinas Boutique. Endlich!" Nach einer Shoppingrunde steht mir ehrlich gesagt nicht der Sinn, doch Nina zerstreut schnell meine Bedenken, in dem sie sagt: „Wir benutzen natürlich den Privateingang des Hauses, der uns sofort in einen großzügigen, schattigen Innenhof führt. Wird dir gefallen, Roland, wirst sehen."

Ein kaum sichtbarer alter Klingelknopf, im Mauergestein verborgen, lässt innen ein seltsames Schnarren ertönen. Kurz darauf wird die Gittertüre von einer älteren Frau geöffnet, die jedoch Nina und Peter sofort erkennt und mich mit neugierigem Blick mustert. Ganz offensichtlich handelt es sich bei der Dame nicht um die angepriesene Carina.

„*Buenos tardes*", begrüßt Nina die Frau und die beiden umarmen sich herzlich. „*Bienvenida Señorita Nina. Amiga mia, què tal? Ven en nuestra casa.* Herzlich willkommen in unserem Haus, meine Freundin.

„Aber Luisa, wir duzen uns doch!", lacht Nina. „Danke schön, gern."

Die Frau tritt zur Seite und lässt uns ein. Anscheinend ist Nina ein gern gesehener Gast in diesem Hause. „Carina hat schon gesagt, dass ihr uns heute einen Besuch abstatten werdet, während der Siesta . Sie wird gleich bei euch sein. Ich lasse euch solange allein, denn ich muss nun auch fort. Bitte setzt euch, ich habe schon alles vorbereitet."

Sie führt uns im Innenhof an einen kleinen, runden Tisch, bietet uns die gepolsterten Lehnstühle an und verabschiedet sich.

„*Hasta lluego, Señorita Nina.*" Bis später.

Peter und ich werfen Nina einen strengen und fragenden Blick zu. Woher weiß Carina von unserem Besuch? Nina errötet leicht und mimt flötend die Unschuldige.

„Weiber!", zischt Peter.

„Handy!", kontert Nina kess.

Kurz darauf erscheint eine strahlende Carina. In den Händen trägt sie ein Tablett. Sektkühler, eine Flasche Cava und vier langstielige Gläser, sowie zwei Schälchen mit grünen und schwarzen Oliven, werden elegant vor der Hüfte balanciert. Mit langsamen Schritten kommt Carina über den Hof. Peter springt aus seinem Sessel auf und geht ihr eilig entgegen. Charmant nimmt er ihr das Tablett ab und trägt es zu uns hinüber.

Ich bin ebenfalls aufgestanden, um unserer Gastgeberin entgegen zu blicken und sie zu begrüßen. Carina sieht hinreißend aus, das erkenne ich auf dem ersten Blick. Sie trägt eine weiße, blickdichte Bluse, einen weißen knielangen Rock, rote Pumps und einen ebenso roten Gürtel um die Taille. Dezent sind die obersten beiden Knöpfe der Bluse geöffnet, lassen ein feines Dekolleté erahnen, das den Ansatz ihrer durchaus üppigen Brüste erkennen lässt. Eine Perlenkette als feines Accessoire rundet dekorativ die Kleidung ab. Ihre helle Kurzhaarfrisur und ein dezentes Makeup geben ihr etwas Resolutes. Ich bin beeindruckt. Carina hat Stil und sieht gut aus. Ein ganz anderer Typ Frau als Nina. Ihr Lächeln wirkt echt und nicht gekünstelt, die Augen blitzen vor Vergnügen, kleine Fältchen an den Seiten. Ja, ich bin sehr positiv überrascht. Sie ist keine zierliche Gestalt, sondern ein echtes Weib. Weder dürr noch übergewichtig, aber doch gut proportioniert.

Hochgewachsen und aufrecht kommt sie auf uns zu, kein Zweifel, sie ist es gewohnt, das Kommando inne zu haben. Das strahlt sie zumindest aus.

Abwarten, denke ich, erstmal abwarten. Keine voreiligen Schlüsse. Denn … was sagte Nina gestern? Carina macht einen auf feine Dame, in Wirklichkeit aber ist sie eine echte Drecksau? Oder so ähnlich … Na, da bin ich aber gespannt, recht glauben will ich das nämlich nicht so auf den ersten Blick. Eins aber ist sicher, Carina ist die Frau für morgen Abend auf unserer heißen Sommernachtsparty, die Peter und Nina für mich ausgesucht haben, damit das Geschlechterverhältnis ausgeglichen ist. Der erste Eindruck, den ich von der Dame habe, überzeugt mich.

Carinas Auftritt verwundert mich jetzt auch nicht, da ihr anscheinend schon von Nina unser Besuch angekündigt worden ist. Insbesondere im Hinblick auf die morgige Party. Sie hat sich sehr gekonnt vorbereitet. Höflich lächelt sie mich an, mustert mich mit ihren grünbraunen Augen. Ich lese ein erstes Interesse heraus, ein durchaus positives Signal. Und erstmalig fühle ich, zwar noch diffus, dass möglicherweise doch etwas Wahres an Ninas Aussage dran sein könnte.

Ich finde es gut und auch richtig, dass Carina als einzige Party-Singlefrau etwas näher informiert wird, welcher Art unsere Dreierbekanntschaft ist, und auch mich vorab schon kennen lernt, der ich ja für Morgen ihr Partner bin. So sind wir uns dann nicht mehr ganz so fremd. Allerdings weiß ich natürlich nicht, wie weit Carina tatsächlich schon eingeweiht worden ist über das sehr spezielle intime Verhältnis, das Nina, Peter und ich seit ein paar Tagen intensiv pflegen. Ich denke, sie weiß nicht mehr, als die anderen Gäste auch. Noch nicht. Bin mir aber inzwischen sicher, dass Nina, das Luder, alles Notwendige bereits schon vorgeplant hat und ihre Freundin bei der nächstbesten Gelegenheit in Kenntnis setzen wird. Und dieser kleine aber feine Austausch wird heute, hier bei ihr stattfinden, deshalb sind wir hierhergekommen. Ganz bestimmt.

Diese Weiber, denke ich, machen viel schneller Nägel mit Köpfen als wir Männer in einer vergleichbaren Situation. Ganz schön gerissen eingefädelt, denke ich, harmlos auf einen Cava in der Siesta vorbeikommen, den Partypartner diskret vorstellen, ein wenig plaudern, Terrain abklopfen, Sympathie und Chancen erkunden und den Umfang der geplanten Veranstaltung bekanntgeben. Währenddessen beiläufig ausloten, ob und wie weit Carina bereit ist, morgen entsprechend ausschweifend und lustvoll mitzuspielen. Zugesagt hatte sie ja bereits per WhatsApp.

Die Begrüßung ist herzlich, auch ich erhalte von Carina zwei Bussis und nehme sehr angenehmes Parfum wahr. Peter und Carina sehen sich in die Augen und lächeln beide. Kein Zweifel, sie kennen sich, denke ich. So innig schauen sich nur zwei Menschen an, die sehr vertraut sind miteinander und ich werfe einen kurzen Blick zu Nina. Die hat ihr Tuch abgelegt, die Arme angehoben und die Schultern zurückgezogen und steckt sich mit einer aufreizenden Bewegung die Haare zu einem Dutt zusammen. Dass sie in der Pose ihre Brüste anhebt und regelrecht präsentiert, entgeht mir natürlich nicht. Sehr deutlich ist zu erkennen, dass sie unter dem engen Top keinen BH trägt, denn ihre Nippel zeichnen sich gegen den dünnen Stoff ab. Ich hoffe doch wohl nicht, dass hier ein Revierkampf ausbricht. Aber anscheinend ist das bei Frauen so üblich, dass sie derart auf sich aufmerksam machen. Das Anheben der Arme, um sich die Haare zu richten, ist eindeutig eine sexuelle Geste, denke ich immer wieder, wenn ich es sehe. Denn automatisch wird der Blick auf die Brüste gelenkt. Zumindest bei mir, da weiß ich es sicher. Oder bin ich schlicht und einfach nur sehr brüstefixiert? Ja, ich denke, das bin ich und muss plötzlich grinsen. Und seit ich Nina kenne, hat es sich eher noch verstärkt. Dramatisch verstärkt! Sehr sexy finde ich auch immer, dabei die glattrasieren Achseln zu sehen. Eigenartig, ich finde den Bereich sehr intim. Immer, nicht nur jetzt bei Nina.

Ich für mich muss nun herausfinden, insbesondere nach den Erkenntnissen von vergangener Nacht, ob das mit dem Magnetismus sich ausschließlich nur auf Ninas Auslagen bezieht, oder auch auf Brüste von anderen Frauen. Im Moment sind es aber deutlich Ninas Titten, die mich direkt schon wieder gefangen nehmen, so wie unser heißes Mädchen sich räkelt. Nina sieht aus wie ein heißes Sexluder aus einem Pornofilm. Das muss ich jetzt gedanklich anmerken, denn mir wird klar, dass auch ihr Auftritt hier bei ihrer Freundin durchinszeniert ist. Es ist ihr Plan, sich ein wenig nuttig zu zeigen. Dass sie mich damit gehörig anmacht, ist ganz bestimmt auch beabsichtigt von ihr. Besonders jetzt, da sie meinen absoluten Fetisch kennt. Und plötzlich bin ich mir tausendprozentig sicher, dass das Luder dieses Wissen noch ordentlich ausnutzen wird.

Und auch Peter bewundert seine Frau fortwährend. Gibt ihr zwischendurch den ganzen Tag schon immer wieder kleine, zärtlich Küsse und auch Berührungen. Jetzt aber … sieht sie einfach nur noch knackig und zum Anbeißen lecker aus. Lasziv drückt sie prompt den Rücken durch, während das gemeine Haar einfach nicht halten will, bindet es weiter fest und wiegt ihren Oberkörper. Was für ein Früchtchen.

Carina beobachtet sie natürlich auch genau und lächelt. Ein Wissen liegt in ihrem Blick und ein ums andere Mal sieht sie zu mir, checkt meine Reaktion auf Ninas Auftritt. Ebenso wie ich Carinas Reaktion beobachte. Und auch Peters Augen huschen hin und her zwischen den beiden Frauen, und als sich unsere Blicke treffen, grinst er kurz. Ich neige mich Nina zu und flüstere ihr ins Ohr:

„Mal so ganz zwischendurch bemerkt: Ich liebe deine Titten, Süße. Du siehst unglaublich scharf aus, wenn du sie so hervor reckst!"

„Ach!" kichert sie herzhaft auf. „Wer hätte das gedacht, du Lustmolch!" Und als Carina ihr einen fragenden Blick zuwirft, sagt sie, es musste ja so kommen: „Carina, Schatz, begleitest du mich ins Bad? Ich möchte mich kurz ein wenig frisch machen."

„Aber gerne, Herzchen", antwortet Carina und hakt sich bei ihr unter.

„Ihr entschuldigt uns einen Moment", schafft Nina noch, uns zu sagen, denn schon zieht Carina sie mit sich fort, und Peter und ich stehen allein am Tisch.

Viertes Kapitel
Geständnisse

Jetzt geht's los", grinst er mich an. „Die sind jetzt eine halbe Stunde beschäftigt. Und weißt du, was Carina als erstes sagen wird?"

„Na, was?", frage ich neugierig.

„Sie wird sagen: ‚Du musst mir alles erzählen, Schatz.' Jede Wette!"

„Peter, ich brauche jetzt erst mal ein kaltes Bier", lache ich, „ich habe richtig Durst. Weißt du, wo hier etwas steht?"

„Gute Idee, ich hole uns zwei. San Miguel?"

Unweit der Haustüre steht ein Kühlschrank und rasch kommt Peter mit zwei eiskalten Flaschen zurück. Wir prosten uns zu, und ich gehe auf seine Bemerkung ein:

„Was die Frauen können, können wir auch, oder?"

„Ganz genau, Roland. Was hat Nina gestern zu uns gesagt im Moment höchster Erregung?"

„Hm …, sagte sie nicht, dass Carina ein richtig heißes Miststück ist, die sich bestimmt gern von uns beiden durchnehmen lässt?", überlege ich und kratze mir nachdenklich am Kinn, feixe ihn dann aber auch an. „Und so wie mein erster Eindruck ist, trifft das auch zu."

„Richtig! So habe ich das auch noch sehr gut im Ohr", nickt er. „Oh ja! und ich wette, dass sie Nina jetzt ausfragen wird, wie unsere Dreierbeziehung aussieht.

Und so wie ich meine Frau kenne, wird sie Carina mächtig einheizen. Ihr einiges erzählen. Und auch jede Wette, Carina wird sich lüstern alles ganz genau anhören, denn sie ist ein scharfer, heißer Vulkan, so sagt man sich hinter vorgehaltener Hand. Diskret natürlich."

„Und was machen wir mit ihr?", frage ich nach, denn ich will die Situation einschätzen können.

„Wir vögeln morgen mit ihr", antwortet er süffisant und zuckt mit den Achseln.

„Ja, klar, aber heute? Flirten wir sie an?", frage ich ein wenig skeptisch nach.

„Zunächst … Wir versuchen, sie richtig scharf auf morgen zu machen. Nina sieht aber auch wirklich umwerfend heiß aus. Vorhin auf unserem Ausflug, und dem Einkauf in dem Supermarkt, ist mir das gar nicht so aufgefallen, hier aber, vor ihrer Freundin, hat sie eine ganz andere Emphase. Findest du nicht auch? Regelrecht verwandelt wirkt sie plötzlich auf mich."

„Auf mich auch, Peter, ganz im Ernst, Nina wirkt auf mich wie ein echter Vamp."

„Ja, sie hat es drauf, sie weiß genau, wie gut sie aussieht und welche Wirkung sie auf die Männer hat. Auch Frauen finden Nina sexy und sind scharf auf sie, das habe ich in den Jahren schon sehr gut beobachten können. Aber es war bislang nie zu Orgien oder Gruppensex gekommen. Erotische Stimmung, klar, aber nie mehr."

„Und wie soll das morgen klappen, wenn sich bisher nie etwas ergeben hatte?"

„Du machst das schon, Roland, da verlasse ich mich ganz auf dich. Gefällt sie dir denn, die Carina?"

Na toll, denke ich, verlassen sich denn jetzt plötzlich alle auf mich, wenn es darum geht, es knistern zu lassen? Ich beantworte aber gern ehrlich seine Frage.

„Oh ja, ich finde sie sehr vielversprechend, und sie hat auch eine tolle Figur."

„Sie ist in unserem Alter. Nina ist die Jüngste. Und ich sag dir, ich weiß es, Carina ist eine richtig geile Frau!"

„Mit viel Sex?"

„Oh ja, das glaub mal. Ganz bestimmt."

„Hast du schon mal mit ihr…?"

„Gevögelt? Nein, das nicht. Aber … ähem … sie hat mir schon mal einen geblasen, und ich habe sie so gierig geleckt, dass ich sie … na ja, du weißt schon …" „Was?", hake ich nach. Er geht nicht darauf ein, sondern zischt mich plötzlich an:

„Es ist mein größter Wunsch, endlich auch mal mit ihr zu vögeln! So, nun ist es raus, du verdammter Hurensohn!" Er trinkt einen langen Zug aus seiner Bierflasche. Aus einem mir unbekannten Grund ist ihm das alles ein wenig peinlich, so scheint es mir. Dann fährt er fort: „Nina weiß das natürlich ganz genau, und schon oft hat sie mich damit aufgezogen, indem sie mich zum Beispiel fragte, ob ich denn nicht mal mit der scharfen Carina vögeln möchte, oder indem sie mich während unseres Liebesspiels so heiß damit gemacht hat, dass ich keine Minute später abspritzt habe. Dieser gierige Gedanke sitzt so tief in mir drin, dass ich Carina am liebsten jetzt und auf der Stelle durchvögeln würde. Und ich glaube, Nina provoziert das mit aller Kraft. Warum sie das macht? Keine Ahnung. Die Vorstellung

60

erregt sie anscheinend ungeheuer, mich dabei zu sehen, wie ich Carina rannehme. Und nun mit dir zusammen, Roland, das scheint sie regelrecht aufzugeilen."

Ich nicke bedächtig, lasse seine Worte sacken, doch dann lache ich auf und frage, typisch Mann, nach: „Und? Kann Carina das gut? Ich meine, Schwänze lutschen?"

Nun lacht auch Peter.

„Sie ist eine ganz ausgezeichnete Schwanzlutscherin!"

Ich denke derweil darüber nach, was Nina wohl daran so sehr erregt, dabei zuzusehen, wie Peter und auch ich uns Carina vornehmen. Welche mir unbekannte Lust steckt dahinter? Ist es, ihren Peter in all seiner Lust zu sehen, wie er seinen Schwanz in eine andere Möse steckt? Oder ist es gar die Macht, die sie in dem Moment besitzt, in dem sie Peter erlaubt, eine andere Frau zu vögeln? Ist das die reine Liebe, die dem anderen gönnt, ohne selbst eifersüchtig zu sein? Und als Gipfel: Sich daran auch noch selbst zu berauschen? Vorletzte Nacht jedenfalls, in ihrer Phantasie, gingen mit ihr auf jeden Fall mächtig die Gäule durch. Oder geht es ihr doch darum, dass sie selbst es morgen Abend auf einen bestimmten Kandidaten abgesehen hat, mit dem sie mal kurz verschwinden will? Die ausgleichende Gerechtigkeit eintüten?

„Also, wie machen wir's, Peter?", frage ich noch einmal nach. „Die Frauen kehren bestimmt gleich zurück."

„Das solltest du mir doch sagen, Roland. Bei Nina hatte das doch super geklappt."

„Ihr war ich aber auch auf Anhieb sympathisch, unten am Strand", erkläre ich. Nach wie vor ist es mir gar nicht recht, dass alle Verantwortung nun auf meinen Schultern lasten soll.

„Sympathisch wirst du Carina auch gleich sein, jede Wette. Nina wird ihr schon das Passende über dich erzählen, verlass dich drauf."

„Du meinst, ich soll sie schon hier direkt anflirten, hier auf dem Hof? Meinst du, das wird Nina gefallen?" „Nina will, dass wir beide Carina anmachen und auf morgen vorbereiten. Ich weiß, dass sie das unendlich scharf machen würde, wenn wir es vor ihren Augen täten. Und ganz bestimmt ist Nina gerade im Moment dabei, Carina dahin zu führen, dass ihr Plan auch aufgeht. Verstehst du? Und, nicht vergessen, Carina hat die Einladung zu unserer Party bereits angenommen und zwar als eine der ersten. Sie weiß also, so halbwegs jedenfalls, was sie erwartet. Und wenn ich mir vorstelle, was die Mädels jetzt betuscheln, glaub mal, die reden auch nichts anderes."

„Du meinst, die reden über Sex? Übers Vögeln?" „Hundertpro! Und über dich. Und … Frauen sind da wesentlich direkter als wir Männer, hat Nina mir mal erzählt. Oder hast du schon mal einem anderen Kerl erzählt, wie geil die Möse deiner Freundin aussieht und sich anfühlt?"

Peter hat recht, da brauche ich nicht großartig nachzudenken. Ich würde nie auf die Idee kommen, einem anderen Mann die intimen Vorzüge meiner Frau vorzuschwärmen, wie geil ihre Titten sind. Wenn ich denn eine Partnerin hätte. Bei Frauen soll das also anders sein? Die erzählen sich auch Details? Wie dick ein Schwanz ist? Oder wie ausdauernd einer im Bett ist? Vermutlich reden sie aber längst nicht so versautes *Dirty Talk* wie wir Männer.

Wie sehr ich mich doch täuschen sollte.

Und natürlich haben wir die Rechnung ohne die Frauen gemacht. Wie naiv Männer doch manchmal sind. Die Mädels sind sich wesentlich effektiver klar darüber, was sie wollen und was sie nicht wollen. Noch schlimmer, wenn sich zwei Frauen abgesprochen haben und einig sind. Feinsinnig gesponnen verweben sie das Netz, geben uns Männern das Gefühl, dass wir bestimmen, dass wir die Entscheidungen fällen, dass wir die Frauen erobern und rumkriegen.

Wie zwei Raubkatzen kehren sie kurz darauf zu uns zurück. Wieder erheben Peter und ich uns, und Nina gibt ihrem Mann einen Kuss auf den Mund, Carina lächelt mich an.

„Da seid ihr ja wieder", begrüße ich sie, „darf ich so frei sein und den Cava öffnen?"

„Kalt genug dürfte er ja inzwischen sein", kann sich Peter eine bissigen Kommentar nicht verkneifen, wofür er sich auch prompt einen Knuff von Nina einfängt. Kurz darauf prosten wir uns zu, sehen uns in die Augen, lächeln uns an. Carina sieht wirklich fantastisch aus. Ihre etwas energische Haltung zu Beginn hat sie abgelegt, sie wirkt viel sanfter, viel entspannter und auch viel weiblicher jetzt. Ihr Lächeln und auch ihr Blick strahlen nicht nur Sinnlichkeit aus, sondern auch Interesse, sogar eine Spur Neugierde entdecke ich. Nah stehen wir voreinander und lassen leise unsere Gläser klingen.

„Du gefällst mir Carina, du siehst wirklich gut aus", sage ich, folge einem Impuls, habe es mir nicht überlegt oder zurecht gelegt. Verlegen spielt sie mit einer Hand an der Perlenkette, die andere hält das schlanke Glas. Zart streiche ich ihr mit den Fingerspitzen über den Hals, versonnen krault sie mir durchs Haar.

„Du gefällst mir auch, Roland", flüstert sie, „sehr sogar …"

Mehr gibt es nicht zu sagen, unsere Lippen berühren sich. Ein erster hauchzarter Kuss. Weiche Lippen berühren weiche Lippen. Entfernen sich, verschleiert ist Carinas Blick. Unsere Lippen nähern sich wieder an, drücken sich verlangend aufeinander und unsere heißen Zungen beginnen ihr lustvolles Spiel. Ich schließe die Augen, mein Verlangen erwacht, dieser Kuss erregt mich, denn ich spüre das Feuer in dieser Frau. Spüre ihre Erregung und auch ihr Begehren. Der Kuss wird zügelloser, schon kommt Lust auf, und ebenso plötzlich lassen wir wieder voneinander. Ich öffne langsam die Augen, erhebe kurzatmig mein Glas und erneut stoßen wir an. Aus den Augenwinkeln nehme ich wahr, dass sich auch Nina und Peter küssen, doch als sie das Klingen unserer Gläser hören, lassen auch sie voneinander ab und blicken uns lächelnd an. Peter nickt, Anerkennung liegt in seinem Blick, Nina hat den Schalk in den Augen, ich erkenne es sofort. Beide scheinen zufrieden mit der Entwicklung der Dinge.

Dann aber setzen wir uns doch in die gepolsterten Stühle, der kleine Tisch in der Mitte ist nur Zierde, allenthalben dazu da, dass wir die Sektgläser darauf abstellen können. Carina hat sich mir zugewandt, die Beine übereinander geschlagen und sich zurückgelehnt, die Augen auf mich gerichtet. Sinnlich lässt sie die Perlenkette durch die Finger gleiten. Ihre Schuhspitze zeigt auf mich. Langsam wippt sie mit dem Fuß. Sie macht mich mit ihren nonverbalen Gesten auch sehr an.

„Es ist ja so", erklärt Nina nach einer Weile des Schweigens und schlägt ebenfalls die Beine übereinander, trinkt einen Schluck Cava. „Natürlich bin ich nicht untätig geblieben, als klar war, dass unsere kleine Party am Samstag in die frivole Richtung gehen wird, und ich habe mit allen Mädels regen und sehr heißen Whats-App- Kontakt geführt, gell, Carina?"

Carina betrachtet sich ausführlich ihre rot lackierten Fußnägel und pfeift demonstrativ ein Liedchen vor sich hin. Mein Blick wandert zu Peter und wir beide denken vermutlich das Gleiche: Frauen und ihre offenen Sexgespräche. Kurz darauf erhebt Carina das Glas und wir vier stoßen abermals an.

„Jetzt aber raus mit der Sprache, Mädels, und Butter bei die Fische", fordere ich Nina plötzlich auf, „bevor ihr mir gleich die Vorzüge der einzelnen Damen und Herren erklärt, will ich es wissen. Mit wem von den Kerlen, die morgen hier mitfeiern, hast du schon gevögelt, Nina?"

Erschrocken fährt sie zusammen und sieht mich ungläubig an. Aus dem Augenwinkel erkenne ich, dass Carina sich aufrichtet und ihr Interesse schlagartig geweckt ist. Nina schaut sich hilfesuchend zu Peter um. Der überlegt kurz, dann nickt er und sagt:

„Roland hat recht, Schatz, es ist nur fair ihm gegenüber, dass er alles weiß. Besser er erfährt es von uns, als dass morgen auf der Party am Ende noch irgendwelche Missverständnisse aufkommen."

„Habe ich es mir doch gedacht", hake ich nach, „dass die Party nicht nur so rein zufällige Gäste hat. Also?"

Nina rutscht unruhig auf ihrem Stuhl, Ihr Gesichtsausdruck verändert sich. Erst wirkt sie ein wenig erschrocken, dann entspannt sie sich, denkt nach. Ich blicke kurz zur Carina und sage:

„Und danach erzählst du mir alles!"

Carina zieht die Schultern hoch, wirkt gelassen und meint:

„Von mir aus. Ich habe nichts zu verbergen, kann eh jeder wissen, den es interessiert."

„Hey, du Miststück!", ruft Nina. „Ich habe auch nichts zu verbergen, nur dass das mal klar ist hier!" „Stimmt", pflichtet Peter bei, „und nun erzähl schon, Schatz."

Nina schaut mich an und ein schelmisches Grinsen umspielt ihre Lippen.

„Weißt du, dass mir gerade ein höchst lustvolles Prickeln über den Rücken huscht, dir alles erzählen zu müssen, Roland?"

„Als hätte ich es geahnt, du Luder, du wirst bestimmt immer unruhiger, weil du es sehr genau weißt, welche Knöpfe du bei mir nur zu drücken brauchst, damit ich scharf werde, und … ich wusste es, dass es dich erregen wird, es mir zu erzählen. Also, mit wem alles?" Ich beuge mich zu ihr, sehe ihr tief in die Augen, streichle über den nackten Oberschenkel. „Na los, erzähl … mit wem hast du alles schon gefickt?"

Nina stöhnt leise auf, diese direkte, schamlose Frage erhöht das angesprochene Prickeln direkt um einige Stufen nach oben, dann antwortet sie:

„Mit allen!"

Carina lacht schallend auf und auch Peter grinst vergnügt.

„Mit allen?", frage ich nach und bin nun doch etwas entsetzt. „Und mit wem jetzt genau?"

„Also", beginnt sie und die Erregung ist ihr deutlich anzumerken. Auch mich durchrieselt ein Lustschauer, sie zu einem ‚Geständnis' zu zwingen. „Es gefällt dir, hm? Ich spüre es doch ganz genau, du verdorbener Spanner und Voyeur. Willst du auch heiße Details hören? Hm? Ja? Also gut, wir sind alle, die wir hier auf Ibiza leben, keine Unschuldslämmer. Lust und Sex liegen immer in der Luft. Tag und Nacht. Luftige, dünne Kleidung, sehr viel nackte Haut, Sonne, warmer Wind, all die Urlaubsgäste … Alle wollen Sex. Und wir Einheimischen natürlich auch. So oft es geht. Klar, dass man sich dann nicht nur mit den Urlaubern austobt, sondern es auch schon mal untereinander treibt, salopp gesagt. Als erstes hatte ich Sex mit Michele. Es war unser erster Dreier, den Peter und ich je hatten."

„Ja", bestätigt er und rückt mit dem Stuhl ein wenig näher an den kleinen Tisch heran. „Es war unser beider Entschluss. Wir wollten mal etwas Neues ausprobieren. Ist aber schon ein paar Jahre her."

„Michele", überlege ich, „das ist der Mann von der Spirituellen. Wie heißt sie noch … Inéz, oder?"

„Ja, sie heißt Inéz, sie ist aber nicht so spirituell angehaucht, wie du denkst. Eher im Gegenteil, sie ist wirklich ein verdammt heißes Ibiza-Sahneschnittchen, ich kann dir sagen, gell Peter? Sie sieht klasse aus, hat eine traumhafte Figur. Tolle Beine, mittelgroße, feste Brüste und einen megascharfen Arsch. Sie wird dir gefallen, da bin ich mir sicher. Und blitzende Augen mit einem leicht asiatischen Touch, sehr hübsches Gesicht. Auf jeden Fall … der Sex mit Michele fand ohne sie statt. In einem Hotel auf der anderen Seite der Insel. Vorher waren wir schick essen. Es war ein geplanter Dreier."

„Und, wie wars?"

„Sehr geil", antwortet sie, ohne zu zögern. „Wir vögelten die ganze Nacht. Er, Peter und ich. Zwei Männer, eine Frau. Ich kam voll auf meine Kosten, das kann ich dir wohl sagen."

„Stimmt", bestätigt Peter, „Nina ging völlig ab. Das war das erste Mal, dass sie sich von zwei Kerlen hat durchvögeln und anspritzen lassen."

„Ähem …", hüstelt sie nun doch leicht verlegen. „Jedenfalls … seit unserem Dreier im Hotel steht Michele ziemlich auf mich", lächelt sie und ihre Augen funkeln. Carina kichert, sagt aber nichts.

„Mit Iwanowitsch habe ich auch schon gevögelt", fährt Nina fort. „Als ich mit Peter bei ihnen zum Essen eingeladen war. Es gab Rindergulasch, ich weiß es noch wie heute. Sehr gut gelungen, ganz tolles Fleisch."

68

„Genau, während ich mit der heißen Daniela rummachte", ergänzt Peter. „Meine Güte, die spritzt wie eine Fontäne im Dauerbetrieb! Unglaublich! Und wie gut sie blasen kann. So wie Carina übrigens auch." Er verdreht lustvoll die Augen. Dann sieht er lächelnd Carina an und die gibt ihm einen zärtlichen Kuss. Doch dann fällt ihm noch etwas ein, rasch fügt er hinzu: „Und du natürlich auch, mein Schatz."

Da hat er gerade nochmal die Kurve gekriegt, denke ich. Das hat auch Nina erkannt und sie wirft ihm lächelnd eine Kusshand zu.

„Es blieb aber bei dem einen Mal mit Iwanowitsch", setzt sie fort, „es war wirklich was Spontanes. Einmal dann auch mit Bernardo. Du weißt schon, der Mann von Costanza. War zwar nur ein Quickie in einer Kellerbar auf einer Party. Aber es ist richtig heiß mit ihm, er kennt kein Zaudern und kein Zögern, sondern greift an und nimmt sich, was ihn scharf macht. In dem Fall mich. Gut, ich hatte ihn auch ziemlich eindeutig auf mich aufmerksam gemacht und auf das, was ich von ihm wollte" Sie grinst vergnügt bei dem Gedanken. „Wirst sehen. Der wird dir auch gefallen."

„Das denke ich auch", nickt Peter bestätigend, „und Costanza vermutlich auch. Obwohl sie diesen seltsamen Femdom-Tick hat seit Neuestem. Das ist so etwas Ähnliches wie eine Domina, habe ich mir sagen lassen. Vielleicht stehst du ja auch auf darauf, so wie Michele."

„Nein, ich denke, eher nicht!", lache ich und schüttle entschieden den Kopf.

„Auf jeden Fall", setzt Nina fort, „die beiden sind schon ewig miteinander verheiratet, also Bernardo und Costanza, und führen so was wie eine offene Beziehung. Allerdings weiß ich nicht, mit wem sie neben Bernardo noch alles rummacht, wir vermuten tatsächlich: mit Michele. Weil der eine recht spezielle Ader entwickelt hat, sich im Sexspiel von einer Frau dominieren zu lassen. Costanza würd da natürlich sehr gut passen. Die mit ihren kurzgelockten schwarzen Haaren. Sie kann schon auch recht streng wirken. Aber das werden wir ja morgen erleben, denke ich."

„Da bin ich ja mal gespannt", überlege ich, wie ich mir wohl eine Femdom vorstellen soll und kratze mir das Kinn. Schwer in Leder? Wie eine Rockerbraut? Könnt schon scharf sein. Ich behalte diese Gedanken aber für mich und Nina fährt fort.

„Dass ich mich überhaupt das eine Mal auf Bernardo eingelassen hatte, war dem Wunsch geschuldet, dass Peter und ich ja einen dauerhaften Lover für mich suchten, der zu uns passt. Einen, der auch Peter sympathisch ist, und der ihm nicht die Frau ausspannen will, Roland, wie wir dir ja schon erzählt haben. Ich konnte mich leider aber letztendlich nicht in Bernardo verknallen. Und das will ich eben, mich verknallen. So wie in dich jetzt." Mit diesen Worten beugt sie sich zu mir hin und gibt mir einen sanften Kuss auf den Mund. „Sehr scharf ist es aber auch immer", erzählt sie weiter, „wenn wir mit Alexa und Carlos zusammen sind, nicht wahr, Peter? Carlos primero, wie ich ihn immer necke. Wie der Brandy, der gute alte."

„*Solera Grand Reserva* Verfahren", erklärt Peter die Lagerhaltung des vorzüglichen spanischen Brandys Carlos l.

„Ständig liegt da etwas in der Luft. Wir haben zwar noch nicht miteinander gevögelt, aber wir Mädels haben den Männern schon mal einen geblasen. Carlos hat den dicksten Schwanz von allen unseren männlichen Gästen morgen, das kann ich euch schon mal verkünden, und Carina wird es vermutlich auch bestätigen. Nicht wahr, du Luder?"

„Hat er!", nickt Carina ungerührt. „Einen echten Prachtschwanz!"

Nina grinst bestätigend und fährt fort.

„Alexa ist echt ein heißes Weib und gleichzeitig eine wahnsinnig süße Maus. Vollkommen unkompliziert. Sie wird dir ganz bestimmt auch sehr gefallen, Roland, da bin ich mir sicher. Und glaub mal, die ist offen für neue Erfahrungen. Und Carlos sowieso. Beide sind sie aber, was den intensiven, erotischen Kontakt mit anderen betrifft, noch etwas arg zurückhaltend."

„Ach ja?", frage ich süffisant nach.

„Ja, ich bin sehr gespannt, was sich morgen auf unserer Party ergeben wird. Ich habe Alexa ebenso wie Carina natürlich schon ordentlich heiß auf dich gemacht, mein lieber Herr Roland. Nur mal so nebenbei erwähnt. Aber meine unangefochtene numero uno, meine Nummer Eins, mein liebster Sexpartner, wird immer Peter sein, ihn liebe ich über alles. Was auch immer wir sexuell für verrückte Sachen anstellen, es ist und bleibt stets ein sehr lustvolles Beiwerk für unsere Ehe, mehr aber auch nicht. Und so oft kam es ja bis jetzt auch noch nicht vor. Für ibizenkische Verhältnisse sogar eher wenig. Und nun bist du da, Roland, mit dir treibe ich es am zweitliebsten." Sie lächelt mich an, reckt sich zu mir hin und küsst mich erneut. Lange küsst sie mich, lange und innig. Wir lassen erst wieder voneinander, als Carina sich räuspert. Peter blickt auf die Uhr.

„Für unseren Strandausflug ist es jetzt zu spät, es ist schon nach fünf Uhr", stellt er fest. „Was meinst du, Carina, hast du nicht Lust, uns nachher ins *Romero* zu begleiten? Wir haben da für heute Abend einen Tisch bestellt und würden dich gerne einladen. Könnten uns dort bei feinem Speis und Trank weiter unterhalten und noch ein wenig vorplanen, spekulieren was morgen denn wohl alles so passieren wird. Wer mit wem und so. Hast du Lust?"

„Hey! Das wäre klasse!", ruft Nina erfreut und richtet sich auf. „Wir vier!"

„*Hola, muchachos*!", ruft Carina. „Aber gerne doch! Sehr gerne sogar."

„Tolle Idee, Peter", pflichte ich ihnen bei. „Ich sitze dann aber neben Carina."

„Du Schwerenöter", lacht Nina, „du willst doch nur ein bisschen mit ihr fummeln, gibs zu!"

„Vielleicht …", grinse ich zurück.

„Ohhh … Rolando!", mimt Carina die Gezierte. „Ihr bringt mich zum Erröten, mein Herr. Aber gerne doch will ich heute Eure Tischdame sein."

„Bravo!", ruft Peter und klatscht in die Hände.

„Wir machen es am besten so", schlägt Carina vor, „Ich suche mir rasch etwas sehr Feines fürs *Romero* heraus, und dann fahren wir zu euch und während ihr euch frisch macht, erledige ich meinen Feinschliff. Ja? Später, nach dem Essen, könnt ihr mich hier wieder absetzen. Wäre das okay?"

„Ja, klar", nickt Peter, „kein Problem, so machen wir's."

Ich jedoch will Nina provozieren und bemerke grinsend, während ich mir das Kinn reibe:

„Schade, ich hätte dich heute Nacht gerne in meinem Bett gehabt, Carina."

Natürlich springt Nina sofort darauf an. Ihre Augen funkeln und sie stemmt sich die Fäuste in die Hüften. Mit gespielter Empörung giftet sie mich an:

„Na warte, du, bis wir heute Nacht wieder zu Hause sind!"

„Los jetzt, Carina, ab ins Bad mit dir", drängt Peter, „ich bekomme langsam Hunger."

„Gut, dann also los!", entscheidet Carina und erhebt sich von ihrem Platz. „Auf ins Gefecht, und auch ins Tratschen."

Na, da bin ja mal gespannt, denke ich, der Anfang eben war ja schon mehr als vielversprechend.

Fünftes Kapitel
Im *Romero*

Obwohl wir zügig von Carinas Zuhause losgekommen sind, dauert es doch noch fast zwei Stunden, bis wir in dem Nobelrestaurant eintreffen. Schuld daran war, dass die Damen, in Peter und Ninas Villa angekommen, fürchterlich lange im Bad benötigt hatten, während Peter und ich uns im zweiten Bad frisch gemacht hatten. Wir hatten zwar nicht gemeinsam geduscht, allerdings einem anderen Mann dabei zuzusehen, wie er sich den Schwanz rasiert, das war zunächst schon befremdlich, dann aber auch recht witzig. Durch unsere so lustvollen, gemeinsamen Dreieraktivitäten haben wir natürlich auch schon längst unsere Scheu voreinander verloren, und ich kann nun gut verstehen, warum Frauen so gerne zu zweit im Bad sind. Denn es lässt sich wirklich herrlich ungezwungen schamlos plaudern in einem Badezimmer.

Während wir zunächst noch dezent die Erlebnisse des heutigen Nachmittags rekapituliert hatten, änderte sich das aber, als wir uns beide gegenseitig vorgeschwärmt hatten, wie erregend wir das Tischgespräch im Patio fanden. All die schamlosen Geständnisse. Insbesondere die von Nina.

„Es sind zwei richtig heiße, scharfe Bräute", hatte ich zusammengefasst.

„Und meine Nina", hatte Peter überlegt, „die ist, seit du bei uns bist, noch mal um 50 Prozent schärfer geworden, habe ich den Eindruck. Als sei da noch etwas in ihr geweckt, ja regelrecht befreit worden. Als hätte etwas in ihr Ja! gesagt zur hemmungslosen Lust. Das war nicht immer so. Erst seit knapp drei Jahren hat sich da etwas bei uns verändert in unserer Ehe. Und das meiste davon hatten wir dir vorhin erzählt. Sehr viel mehr war da nicht in all den Jahren. Trotz ein paar recht heißen Angeboten mancher Männer und deren Frauen."

„Dass wir alle keine Unschuldslämmer sind, wie du vorhin gesagt hast, Peter, ist doch klar. Bin ich doch auch nicht, obwohl ich nur im biederen Koblenz wohne und nicht hier auf der Insel der Liebe. Etwas Ähnliches behauptet Nina von dir übrigens auch, mein Lieber, dass du noch nie so zügellos und wollüstig warst wie jetzt, und auch noch nie so versaut."

„Das hat sie gesagt, im Ernst?"

„Ja, hat sie. Du seist plötzlich geil wie Sau! Warst du das früher nicht?"

„Nein, war ich nicht. Also zumindest nicht so wie jetzt. Dass ihr das nun aufgefallen ist, ist …"

„Weißt du, mir geht es ja ganz genau so, auch ich erlebe hier bei euch und mit euch etwas, das mir bis dato zwar nicht unbekannt war, aber was ich eben auch noch nie in der Form ausleben konnte. Glaub mir bitte, ich war auch noch nie so verdorben wie jetzt."

„Das ist wirklich verrückt, nicht wahr? Und ich ahne, woran das liegt, Rolando, wir drei sind uns wohl ein wenig mehr als nur sympathisch und sexgeil aufeinan-

der. Das alles geht doch nur, wenn man sich gegenseitig sehr mag, andernfalls kann über einen solch langen
Zeitraum gar nicht dermaßen viel intensive Nähe und
Hingabe aufkommen, ohne sich gegenseitig schnell auf
den Geist zu gehen. Oder was meinst du?"

„Ja, genau darüber grüble ich auch schon eine Weile.
Ich denke auch, dass da was dran ist, was du sagst, und
dass es wohl so ist. Aber was meinst du, sollten wir das
Gespräch nicht ein anderes Mal fortsetzen? Allein, unter uns? Bei einem Gläschen Wein? Morgen Nachmittag vielleicht?"

„Sehr gerne. Morgen um 16 Uhr zum Beispiel, da
hat Nina noch einen Friseurtermin bei Jorge, unten im
Dorf. Extra für die Party."

Ohne es zu merken, hatten wir uns mehr und mehr in
Hitze geredet. Die offene, ehrliche Auseinandersetzung
mit einem im Grunde recht heiklen und intimen Thema
hatte auch etwas Erregendes, etwas Schamloses. Ich
hatte es nicht recht bemerkt, dass ich mir – genau wie
Peter auch – gelegentlich an den Schwanz gefasst hatte.
Erst später hatten wir lachend festgestellt, dass wir beide einen Ständer hatten, und ich konnte mir plötzlich
halbwegs ein Bild davon machen, dass auch Frauen
ihre intimen Badezimmergespräche wohl auch gerne
dazu nutzen, um sich in Stimmung zu bringen.

Ich hatte mir gerade das Gesicht rasiert, Peter sich
den steifen Schwanz, als er plötzlich gemeint hatte:

„Und glaub mal, Roland, morgen … das wird noch
viel spannender. Denn da sind dann Bernardo, Michele,
Carlos und Iwanowitsch anwesend, und die sind keine

Kinder von Traurigkeit, sondern sind allesamt heiße Hengste. Ich habe sie sämtlich schon live in Aktion gesehen. Die werden sich alle an Nina ranmachen."

„Und die Weiber?", hatte ich nachgefragt und Mühe gehabt, mich aufs Rasieren zu konzentrieren.

„Die sind ebenfalls unglaublich rattig!", hatte er grinsend geantwortet.

„Ehrlich?"

„Ja, morgen kannst du mit jeder vögeln! Es wird keine Scheu, Hemmung oder Eifersucht geben. Jede kann mit jedem Kerl rummachen, so wie sie will, so wie sie es braucht. Ob mit einem, oder zweien oder dreien gleichzeitig, ganz egal. Kein Konkurrenzdenken, kein Fotzenneid und auch kein Schamgefühl. Auch bei den Männern nicht. Wir treffen uns tatsächlich erstmalig in dieser Konstellation. Und ich bin mir sicher, dass es die Party des Jahres wird, mein lieber Rolando. Ich freu mich wahnsinnig, habe sowas wie morgen auch noch nicht erlebt. Denn wie Nina vorhin sagte, sie hat bereits höchst verschärften WhatsApp-Kontakt mit den Mädels und mit Sicherheit turnen die sich schon gegenseitig an. Wir Männer müssen einfach umdenken, dass die Girls nicht minder verdorben und gierig sind wie wir."

Ich war vor Erregung prompt mit meinen Schwanz gegen den Handtuchhalter gestoßen und zusammengezuckt, so sehr hatte mich die Vorstellung aufgegeilt, was morgen wohl sein wird.

„Carina ist garantiert auch ein heißes Stück, die lässt es ganz bestimmt gern mal krachen", hatte ich überlegt und mir den Rasierschaum vom Gesicht gewaschen. „Wusstest du das, Peter?"

„Ja, das wusste ich. Ich denke aber, dass es ein gutes Stück weit an dir liegt, mein Lieber. Du hast etwas an dir, was alles total locker und unkompliziert macht. Selbst die aufregendsten Dinge, so als seist du ein Dirigent der Lust, der keine Grenzen kennt, weil es keine zu geben scheint. Und das spüren die Damen. Also die, die darauf stehen. Und von denen gibt es viele hier auf Ibiza. Da kannst du dir sicher sein."

„Unglaublich! Wirklich?"

„Inéz ist die Attraktivste und Schärfste, ich schwörs dir!", beendet Peter unser Gespräch. „Und Michele wird vermutlich der erste sein, er oder Iwanowitsch, die Nina ihre Schwänze herzeigen und ihr unters Röckchen fassen."

Etwas schwieriger wurde es später allerdings bei der Wahl meiner Abendkleidung. Natürlich war ich als Pauschaltourist nicht darauf eingestellt, pikfein in einem first class Restaurant einzulaufen. Peter hatte mir deshalb einen Anzug herausgesucht, den er mir für den Abend ausborgen wollte, dazu passend, ein edles Hemd. Doch da er gut fünf bis zehn Zentimeter größer ist als ich, wurde es dann doch plötzlich problematisch.

Ergo: Wir mussten noch warten, bis die Damen im Badezimmer fertig waren. Und das hatte gedauert.

Wir sind schon bei der zweiten Flasche Mineralwasser, als die Frauen das Wohnzimmer betreten. Hätte ich nicht schon in dem Sessel gesessen, ich hätte mich hinsetzen müssen. Mir fällt buchstäblich die berühmte Kinnlade herunter, so umwerfend ist der Einmarsch der

Damen. Carina schwebt vorweg. Ja, schwebt, könnte man sagen, so grazil kommt sie daher. Für ihre knapp 45 Jahre stellt sie ganz bestimmt noch manch junges Modell locker in den Schatten. Die kerzengerade Haltung und der erhobene Kopf verleihen ihr etwas Erhabenes, und bei jedem Schritt wiegt sie sich sanft in den Hüften. Wie auf einem Laufsteg, denke ich, dem Catwalk. Das dünne, fast knielange schwarze Cocktailkleid umfließt sie wie sanfte Wellen, etwas derart raffiniert Geschnittenes habe ich überhaupt noch nicht gesehen.

Wundervoll klackern die Absätze ihrer schwarzen Pumps über den Steinboden.

Mit etwas Abstand folgt Nina. Die beiden haben sich ihren Auftritt gut abgesprochen, das bemerke ich sofort. Nina sieht nicht minder schick und sexy aus. Auch sie trägt ein Cocktailkleid, wohl aber etwas kürzer, als das von Carina. Mir fallen besonders die hauchdünnen Spaghettiträger auf und das gewagte Dekolleté. Dazu trägt sie hochhackige schwarze Stiefeletten und um ihre Schultern ein schwarzes Bolerojäckchen aus dünnem Leder, ich vermute Nappa. Geradezu neckisch wirkt der dünne Pelzkragen. Auch Nina bewegt sich grazil und wohlüberlegt und je näher sie uns kommen, desto besser erkenne ich, dass sie beide perfekt geschminkt sind, ihrem Typ entsprechend. Klar, tausendfach geübt, aber dennoch … ich bin begeistert. Peter jedoch zögert nicht lange und macht den Frauen mein Problem klar, meine Anzughose ist zu lang.

„Verstehe", antwortet Carina knapp, „doch wozu habt ihr eine erfolgreiche Boutiquebesitzerin an Bord, wenn nicht dafür, solche Kleinigkeiten schnell in den Griff zu bekommen? Nina! Nadel und Faden!"

„Sofort!", ruft Nina und salutiert. Dann eilt sie klackernd davon, das Erwünschte herbeizuholen. Derweil beäugt Carina kritisch mein Outfit. Sie ist wieder die kühle Geschäftsfrau, streng und unnahbar. „Der Anzug sieht super aus", stellt sie fest, „das Beige steht dir ausgezeichnet, Roland, auch die hellbraunen Schuhe, die Peter dir ausgesucht hat, passen gut dazu. Aber … ", hier stockt sie kurz und ihr Blick verfinstert sich, „das Hemd, das passt leider gar nicht. Viel zu trist! Wir brauchen Farbe. Peter?"

„Ja?" Peter steht längst neben mir.

„Was in rosa wäre fein. Hast du was da?"

Ich schrecke zusammen. Ich soll wirklich ein rosafarbenes Hemd anziehen? Ja geht's noch?

Carina bemerkt mein Unwohlsein und lächelt beruhigend und ist sich ihres Vorschlags sicher.

„Keine Sorge, mein Bester, Ibiza ist schrill, und je schriller jemand daher kommt, natürlich todschick, das ist klar, je cooler, desto angesagter. Verlass dich drauf. Der helle Leinenanzug sieht wirklich klasse an dir aus."

Kurzum, 15 Minuten später stehe ich mit perfekt sitzender Anzughose und im rosa Hemd da, das Jackett ist mir zwar ein wenig zu weit, aber das stört Carina nicht, im Gegenteil, locker sei hip, sagt sie, und wir hätten im Grunde aufbrechen können, doch Nina möchte, dass wir unbedingt noch ein Selfie machen müssen. Vier so dermaßen aufgebrezelte Leute, die werden heute Abend ganz bestimmt das *Romero* rocken, besonders, da wir alle vier ja ohne Unterwäsche seien, was keiner weiß, zumindest keiner außen uns, und was auch auf dem Foto nicht zu erkennen sein wird.

Peter, der ahnt, worauf eine solch sündhafte Bemerkung hinauslaufen könnte, ruft:

„Kinners, bitte, ich habe richtig Kohldampf. Lasst uns bitte aufbrechen, ja?"

Das Edelrestaurant *Romero* ist ein absoluter Traum. Hoch oben auf einer Felsklippe, abseits gelegen von der Stadt und dem großen Tourismus, haben wir einen sensationellen Ausblick, und da der Sonnenuntergang gegen 21 Uhr erfolgen wird, sind wir zum genau richtigen Zeitpunkt vor Ort eingetroffen, um noch einen wundervollen Tagesausklang zu erleben.

Angenehm warm ist es, und doch bin ich froh, ein Jackett zu tragen, denn obwohl Ibiza schrill ist, wird bei *Romero* auch auf edle, gestylte Kleidung großen Wert gelegt.

Während der Vorspeise zwischen zwei Garnelenhappen frage ich die neben mir sitzende Carina:

„Und Carina, mit wem von den morgen anwesenden Herren hast du alles schon gevögelt?"

Carinas Verschlucker wirkt ein wenig gekünstelt, denn ohne Scheu antwortet sie mir sofort:

„Tja, so viele Kerle sind ja morgen gar nicht anwesend."

„Ha ha!", macht Nina und nimmt einen Schluck des kalten Weißweines. Carina lächelt.

„Na ja, stimmt doch. Also, wenn du mich so direkt fragst, mein lieber Roland: Mit Bernardo, klar, mit Michele hin und wieder, mit Carlos primero schon öfters, bevor er seine Alexa kennenlernte. Inzwischen verstehen sie und ich uns glänzend. Du und Peter fehlen mir noch in meiner Sammlung, Roland." Sie lacht und funkelt mich mit feurigen Augen an. „Nur dieser Iwanowitsch, der ist mir fremd, den kenne ich noch nicht mal, weiß nicht, wer das ist. Ein Russe, dem Namen nach zu urteilen?"

Nina beugt sich vor – sehr zu meinem Vergnügen, denn ihr Dekolleté ist wirklich umwerfend – und sagt mit leiser Stimme:

„Da ist dir aber bislang was entgangen, meine geile, heiße Stute, denn Iwanowitsch fickt wirklich sensationell gut. Stell dir mal vor, der hatte mich fast ne ganze Stunde nonstop rangenommen, und dann noch nicht mal wirklich gespritzt. Er meinte doch tatsächlich, er könne seinen Orgasmus soweit kontrollieren, dass er nur ein paar Tröpfchen abgibt, um seine Energie nicht zu verpulvern. Der will echt immer nur eines: nämlich weiter ficken! Ist das nicht ein Ding? Sagt doch mal. Habt ihr sowas schon gehört?"

„Ach!", ruft Carina begeistert. „Ist es denn die Möglichkeit? Den muss ich kennen lernen!"

„Wirst du ja morgen", sagt Peter zwischen zwei Bissen und tupft sich die Lippen mit der Serviette ab, nimmt einen Schluck Wein, „und ich kann es wohl bestätigen, was Nina sagt, der hat nicht nur einen dicken Lümmel, sondern besitzt auch eine enorme Ausdauer."

„Ja, und wie schnell und wie oft der steht, wirklich unglaublich!", fügt Nina bei und wirft demonstrativ ihr Haar zurück. Weiber! Denke ich nur. Ein kleines bisschen Stutenbissigkeit ist doch immer mit dabei. Anscheinend können sie nicht anders, die Frauen, und ich nutze den Moment, um Carina neben mir die Hand aufs Knie zu legen und ihren nackten Oberschenkel empor zu streicheln. Nach all den Vertrautheiten des Nachmittags wird es langsam Zeit, dass ich ein wenig forscher werde. So, als würde das Carina von mir als Mann erwarten, ich der Kerl, der Tag und Nacht mit ihrer Freundin herummacht, und von dem sie von Nina schon so einiges gehört hat.

„Gefällt dir das, was Nina und Peter über Iwanowitsch sagen, hm?", frage ich sie und merke, wie sie die Füße ein wenig weiter auseinander stellt. Soll ich ihr hier, direkt auf der Terrasse des Lokals, zwischen die Beine fassen? Nina hat sich in Fahrt geredet, denn schon erzählt sie weiter:

„Und wie ich ja erzählt habe, ist auch Michele ein echt geiler Strolch!"

„Ja, das ist er", pflichtet Carina jetzt sofort bei. „Allerdings hat er immerzu so viel zu tun. Land unter im Office nennt er das."

„Tja", macht Nina. „Er ist halt ein viel beschäftigter Mann, tut viel für die Insel im Tourismusbereich, ständig ist er unterwegs und auf irgendwelchen repräsentativen Veranstaltungen. In seinem Beruf bedeutet Spontanität bares Geld. Gastronomie schläft nie!"

„Mir egal", mault Carina. „Und auf das ganze SM-Gedudel steh ich eh nicht!"

„Dafür aber wohl jene Costanza", bemerke ich nachdenklich und durchblicke so langsam all die feinen

Verbindungen. „Die, wie nennt ihr das? Femdom? Das scheint doch gut zu passen."

„Allerdings", mischt sich nun auch Peter mit ein. „Das scheint sogar gut zu passen, und ich fresse einen Besen, wenn dem nicht so ist."

Ich bin zufrieden mit der Entwicklung des Gesprächs und meine Hand fährt unter der Tischdecke nun doch über Carinas Schenkel.

„Carina ist feucht!", konstatiere ich kurz darauf, was Nina sofort zu einem Kommentar veranlasst.

„Ach! Sag an. Das geile Stück! War ja klar! Hast du deine Finger an ihrer Ritze, Roland, du dreister Bock?"

Oha! Höre ich da ein wenig Neid heraus? Oder ist es nur eine kleine Show? Ich schaue mich diskret um, wenn uns hier jemand hören würde …! Wie gut, denn gerade noch rechtzeitig kann ich meine Finger wieder an meine Gabel führen, bevor der Kellner an unseren Tisch heran tritt und sich nach unserer Zufriedenheit erkundigt. Mit Sicherheit hat nun jeder von uns eine anzügliche Bemerkung auf den Lippen, doch Nina antwortet souverän, dass uns nach einer weiteren Flasche Weißwein der Sinn steht, und als der Kellner sich entfernt hat, setzt sie auch sofort leise und vorgebeugt wie eine Verschwörerin das Gespräch fort:

„Den dicksten und prallsten Schwanz hat aber Carlos primero!"

„Das stimmt, Schätzchen, da pflichte ich dir unumwunden bei", nickt Carina.

„Auf die geilen harten Schwänze!", stimmt Nina den ungewöhnlichsten Trinkspruch an, den ich je gehört habe in einem Nobelrestaurant und erhebt grinsend ihr

Glas. Wir stoßen imaginär an, vornehm wie wir sind, und leeren unsere Gläser.

Als kurz darauf der Kellner erscheint und uns neu eingeschenkt und ein sauberes Besteck für den Hauptgang eingedeckt hat, schweigen wir natürlich und warten ab, bis er seinen Dienst ausgeführt hat. Dann frage ich nach:

„Und was ist mit diesem Bernardo, von dem ihr beide so schwärmt, Ladys?"

Peter ergreift zuerst das Wort und antwortet:

„Also aus meiner Sicht ist er der Feinfühligste, auch wenn er es faustdick hinter den Ohren hat. Dessen bin ich mir sicher. Er ist zu den schärfsten Schweinereien imstande, dies aber ohne großes Machogehabe oder so, sondern alles im Sinne der Lust aller Beteiligten. Dass seine Costanza eine neue Neigung entdeckt hat und diese wohl auch recht freizügig auslebt, toleriert er, wie es scheint. Und da er nicht auf SM-spiele steht …"

„Also", überlege ich und spiele an meinem Weinglas. „Ich fasse jetzt doch mal zusammen: Da sind Iwanowitsch mit der unglaublichen Orgasmuskontrolle, dann aber Carlos primero mit dem dicksten Schwanz, der auch für Neues offen und zu haben ist, dann der Selfmade- und Lebemann Michele, der eine etwas spezielle Neigung entwickelt hat, dann den zügellosen und sympathischen Bernardo, und dann noch Peter und ich. Richtig?"

„Ja …!", rufen Nina und Carina fast gleichzeitig und spenden leisen Applaus, sodass ich schnell fortfahre:

„Und dem gegenüber stehen als tolle Partnerin von Iwanowitsch die heiße und spritzfreudige Daniela, die tatsächlich ein seltengeiles Luder sein muss, wenn sie mit einem solchen Dauerständer fest zusammen ist. Dann … die lustvolle und schöne Inéz, deren Arsch mich jetzt schon reizt, als Partnerin von Michele, dem charmanten Lebemann. Als nächstes folgt die höchst interessante Costanza, Bernardos Frau, auf die ich definitiv auch sehr gespannt bin mit ihrem schwarzen Lockenkopf und ihrem Femdom-Kick. Und dann ist da noch Alexa, als Partnerin von Carlos primero, die so viel Ähnlichkeit mit unserer Nina hat. Und dann natürlich ihr beiden Unschuldsmädels, die schärfsten von allen."

Dann werfe ich Nina und Peter einen Extrablick zu, der sagen soll: Wir sind das Team, es ist unsere Party. Im Grunde sind ja Peter und Nina die Gastgeber, aber ich bin inzwischen absolut voll und ganz integriert und die beiden bewundern mein gutes Urteilsvermögen und meine Einschätzung. Sie haben mich aufgenommen, sie mögen mich.

Wir drei stoßen nun doch einmal mit klingenden Gläsern an, und dann auch mit Carina. Sie spürt unsere spezielle Dreier-Innigkeit, die wir im Laufe der Tage, und besonders auch der Nächte, in der Villa entwickelt haben. Und klar, sie akzeptiert es. Und ich habe das Gefühl, dass Carina es auch sehr genießt, hier im Vorfeld unserer bizarren Party schon auf Tuchfühlung gehen zu können. Jedenfalls ist sie jetzt weit davon entfernt, kühl und formell zu sein, sondern im Gegenteil, sie ist ganz die reizende, überaus attraktive Tischbegleitung und auch ein wenig aufgekratzt. Sie passt perfekt, und ich fühle mich außerordentlich wohl in ihrer Gegenwart und Nähe.

Dieser Glanz, der zwar unsichtbar ist, strahlt dennoch von unserer Tischgesellschaft ab. Ja, wir rocken *Romero*, so wie Nina es vorhergesagt hat. Und das fühlt sich einfach klasse an.

„Pikant gewürzte, andalusische Lammfiletspieße an Reis und Tomaten-Paprika-Gemüse", verkündet unser Tischkellner auf Spanisch und hebt mit seinem Assistenten die Metallhauben von den Tellern. Sofort steigt ein atemberaubender Duft auf, füllt meine Nase mit Knoblauch, frischem Thymian und Rosmarin und scharfem Paprika, dass ich für die nächste halbe Stunde sämtliche geplante Aktivitäten vergesse.

Der köstliche Hauptgang schenkt mir ebenso pure Sinnesfreuden, wie Ninas lächelnde Augen. Mehrfach erheben wir die Weingläser, bleiben beim Weißen und ordern zügig einen Liter Mineralwasser *con gas* dazu, denn pikant gewürztes Fleisch ist eher untertrieben, scharf trifft es besser. Was unseren körperlichen und seelischen Zustand durchaus angemessen widerspiegelt. Doch trotz der schmutzigen, intimen und sehr persönlichen, Gespräche, wir bleiben weiterhin diskret, passen uns den Gepflogenheiten an, die das Lokal gebietet. Und da das Spanisch meiner drei Freunde perfekt ist, ist auch der Service, das Personal perfekt *In Order*.

Ein weiterer unschätzbarer Vorteil ist, dass sowohl Nina und Peter, wie auch Carina in diesem Restaurant bekannt sind. Gute Gäste behandelt der *Maître* selbstverständlich bevorzugt, und ich heiße fortan auf Ibiza

Rolando. Und nicht mehr Roland. Mir gefällt der Name.

Dennoch haben die heißen Gespräche bei *Romero* natürlich Spuren hinterlassen, und wir sind, als wir ein paar Stunden später wieder zuhause sind, noch entsprechend aufgekratzt. Doch heute bin ich es dann, ausnahmsweise, der noch einmal nachhakt, als Nina aus dem Bad kommt und sich noch für ein letztes Gläschen zu uns gesellt.

Peter und ich hatten uns in ihrer Abwesenheit noch einmal ausgiebig über das unterhalten, was uns morgen wohl erwarten wird und sind entsprechend erregt. Als Nina im Wohnzimmer auf uns zu kommt in ihrem entzückenden schwarzen Negligé, erheben wir uns von unseren Sesseln und Peter bietet ihr einen *Talisker* an, wohlwissend, wie scharf er damit Nina macht.

Dicht stehen wir voreinander und nippen an unseren Gläsern. Ninas Blicke allerdings, die huschen unruhig zwischen uns hin und her, sie ahnt natürlich, dass wir uns zum Abschluss des Abends noch etwas überlegt haben.

Schließlich streiche ich ihr zart zwischen den Beinen die Oberschenkel hinauf und frage:

„Sag mal, mein heißes, ungehöriges Mädchen, wirst du dir morgen auf der Party wirklich von allen Kerlen die Schwänze herzeigen lassen?"

Peter gleitet mit einer Hand in ihren V-Ausschnitt und ergänzt: „Und dir an die Titten fassen lassen?"

Das Luder versteht natürlich sofort, worauf wir hinaus wollen und stellt für meine Hand die Füße etwas weiter auseinander, denn ich fasse ihr auch schon an die Möse.

„Wirst du dir unter dem Rock ans Döschen fassen lassen, hm? Heimlich irgendwo, oder ganz offen, wo alle es sehen können?"

Meine lüsternen Finger gleiten durch ihre weichen Schamlippen, Peter drückt ihr mit beiden Händen die Brüste. Eng haben wir uns an Nina herangerückt, bedrängen sie. Sie stöhnt leise auf und kippt ihren Whisky auf ex, stellt das Glas ab und keucht gierig auf, schüttelt sich ein wenig.

„Oh ja, das werde ich. Denn ich werde morgen als unschuldiges Schulmädchen gehen. Mit Zöpfen und kurzem Röckchen, und nur mit locker gebundener Bluse, aus der meine Titten schon fast von alleine herausfallen. Und unter dem Röckchen werde ich nackt sein."

„Und jeder, der will, kann mal fummeln?", frage ich, und genau so habe ich es mir vorgestellt. Schlagartig bin ich wieder scharf und stecke ihr langsam einen Finger in die heiße und jetzt plötzlich auch sehr feuchte Ritze. „So wie ich es jetzt tue? Und du wirst es zulassen, egal wers grad macht?"

Peter küsst seine Frau wild und innig, während ich in ihr Ohr stöhne und: „Du geiles Stück!" hauche und sie gierig befingere.

Sie hat ihre Hände an unseren Hosenschlitzen, zieht sie auf, langt hinein und befreit unsere harten Schwänze.

„Das macht mich jetzt ja völlig an! Wie geil ihr schon wieder seid, Jungs, so gefällt mir das! Fickt ihr denn morgen auch all die anderen Weiber, ja? Vor meinen Augen?" Hart beginnt sie uns beide zu wichsen. „Gebt´s zu, ihr wollt noch mal spritzen, ich soll euch beiden einen runterholen und euer Kopfkino gehörig einheizen. Ist das so? Ja?"

„Rrrr …", knurren wir beide, denn Nina langt kräftig bei uns zu.

„Also dann hört zu: Richtig scharf bin ich auf Michele. Den werde ich mir besonders vorknöpfen und mich oft in seiner Nähe aufhalten. Ich weiß, dass er darauf steht, mir heimlich unter das kurze Röckchen zu fassen, und mich zu befummeln. Mir in der Schlange am Buffet heimlich einen Finger in die nasse Spalte zu stecken, oder einfach mal an mir rumzuspielen. Vor allem will er, dass ich seinen Schwanz anfasse und ihn wichse. So wie euch jetzt. Und er wird vor Gier in meine Bluse fassen und mir die Titten kneten. Vielleicht wird dann auch noch ein zweiter Mann dazu kommen, und die beiden nehmen mich gemeinsam ran. Schleppen mich ab, irgendwo hin. Wo sie mich dann zwingen, mein Röckchen hochzuheben und ihnen mein Fötzchen herzuzeigen. Und dann muss ich ihre Schwänze blasen, ich armes, unschuldiges Ding. Bestimmt sehen das dann die anderen Männer und wollen sich auch an mir vergehen. Tun das dann später auch. Alle! Einer nach dem anderen. Und ich kann gar nichts dagegen machen, muss alles tun, was sie mir sagen."

Ich fingere Nina jetzt genau so hart und fordernd, wie sie mir das Glied reibt, denn genau diese Geschichte ist es, die ich noch von ihr hören wollte, und als sie sich kurz darauf einem Sturzbach gleich auf den Boden ergießt, da komme auch ich und spritze ihr aufs Negligé und auf die nackten Schenkel.

Doch wir hören nicht auf, lassen nicht ab voneinander, denn nun schenkt sie Peter ihre ganze Aufmerksamkeit, treibt auch sein Kopfkino bis hinauf zum finalen Erguss und haucht mit lusttriefender Stimme:

„Und du, mein geiler Stecher, fickst die versaute Carina vor meinen Augen das Hirn raus? Ja? Ich will das so, will das sehen, wie du sie dir einfach schnappst, auf einen Tisch zerrst, ihr die Beine weit auseinander ziehst und ihr einfach deinen Schwanz reinschiebst. Ohne Vorspiel, ohne was, sondern sie dir einfach nimmst und sie durchvögelst. Und ihr endlich auch die dicken Titten durchknetest. Machst du das?"

Und Peter reagiert. Diese Worte von ihr sind genau die, die er von ihr hören wollte und es auch brauchte, um sich unter ihrem festen und fordernden Griff ebenfalls bald darauf schon zu entladen. Ihr dabei die Brüste regelrecht zu quetschen, während ich noch immer in ihrer Möse tobe, solange, bis sie noch ein zweites Mal kommt. Denn ich bin mir sicher, Ninas Kopfkino ist das heißeste von uns dreien, das versauteste. Doch behält sie natürlich diese Gedanken unausgesprochen für sich, ich aber bin mir jetzt mehr als sicher, dass sie morgen Nacht den Vogel abschießen wird.

„Allmächtiger …!", keucht sie nun, „Diesen Quickie habe ich wirklich noch gebraucht. Danke Jungs!"

„Damit stehst du nicht allein, mein Schatz", nickt Peter und zieht sich die Hose aus, bevor er ins Bad verschwindet. „Ich wohl auch."

„Und ich erst …", flüstere ich ihr ins Ohr, als wir allein sind und uns aneinander kuscheln, ich ihr den festen Hintern streichel. „Vielen Dank für die heißen Gedanken, und ich weiß nun, worauf ich mich morgen einstellen kann."

„Keine Sorge, mein Liebster, ich werde auf keinen Fall weder dich noch Peter morgen vergessen. Kopfkino und Realität switchen manchmal leider sehr weit voneinander ab. Und wenn gar nichts geht, so haben wir immer noch uns drei. Und wenn doch was geht mit all den anderen, wovon ich restlos überzeugt bin, denn ich weiß inzwischen, dass sie alle, wirklich alle, schon mächtig scharf sind auf morgen Abend, dann schlafen wir drei am Ende des Tages wieder zusammen in einem Bett und sind immer noch ein Herz und eine Seele. Das kann ich dir jetzt schon auf die Hand versprechen."

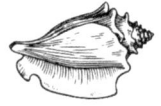

Sechstes Kapitel
Reflektionen

Am nächsten Morgen nach dem Frühstück – der kleine Weckdienst fiel heute als Schonungsmaßnahme für den Abend aus – beschließe ich, den heutigen Tag wie angekündigt alleine zu verbringen. Ich habe das Gefühl, ein wenig Abstand würde uns dreien gut tun.

Vier Tage wohne ich nun schon bei Peter und Nina in der Villa, vier Tage Dauersex, vier Tage intensive Nähe. Wir verabreden, dass ich gegen 16 Uhr wieder zurück bin und wir dann die letzten Partyvorbereitungen ab 18 Uhr zusammen treffen. Nina gibt mir dann auch noch überraschend zum Abschied einen sehr innigen Kuss und meint lachend, dass ich mich ja nicht mit einer der Strandnixen auf und davon machen soll, ich würde heute Nacht noch dringendst gebraucht, dann mache ich mich auf den Weg. Das Männergespräch mit Peter bleibt bei 16 Uhr, ebenso Ninas Friseurtermin.

Als ich das Haus verlasse, freue ich mich auf das Gespräch mit meinem Freund.

Wieder ist es ein fantastisch-schöner Tag, die Sonne steht schon hoch am Himmel, und da ich mich nach dem Duschen noch komplett eingecremt habe, beschließe ich, mein Shirt auszuziehen und meine kleine Wanderung mit freiem Oberkörper weiter fortzusetzen. Die Sonnenbrille im Gesicht, gehe ich durch die Tür im

Zaun, jene Tür, durch die ich vor vier Tagen erstmalig gegangen war. Ein Schritt, der mein Leben vollkommen auf den Kopf gestellt hat.

Ursprünglich nur als Pauschaltourist nach Ibiza gekommen, um drei Wochen Urlaub zu genießen, zog ich nach drei Tagen zu mir unbekannten Leuten ins Haus. Natürlich steht mein Bungalow unten in der Anlage noch für mich bereit, bezahlt und gebucht habe ich ihn noch für die nächsten knapp zwei Wochen. Ich schüttle still den Kopf, als ich an die unglaubliche Entwicklung der Ereignisse zurückdenke und wähle den Weg hinunter an den Strand, dort, wo ich Nina begegnet bin und blicke nur wenig später lächelnd zu den Umkleidekabinen hin, Nr. 7 ist die Ihrige, dort hatten wir zum ersten Mal Sex.

Unweit in der kleinen Strandbar kehre ich ein und finde auch einen freien Tisch auf der Terrasse im Schatten. Nachdem ich meinen Caffè Corretto mit Veterano bestellt habe, lehne ich mich entspannt zurück und denke nach. Nur am Rande bekomme ich all die Badeschönheiten mit, die mir immer wieder auch neugierige Blicke zuwerfen. Ganz anders noch als in den Tagen meiner Ankunft. Was sehen die mich denn alle so an? Stimmt etwas nicht? Habe ich etwas an mir, was ich selbst noch nicht sehe? Ja, ich habe ordentlich Farbe bekommen, klar, und meine Sonnenbrille sieht auch cool aus, okay, und doch scheinen die Mädels etwas zu wittern. Wissen oder ahnen sie, dass ich so erfüllenden Sex habe, wie ihn sich all die Schönheiten möglicherweise nur erträumen? Strahle ich das etwa aus? Ich riskiere hier und da ein Lächeln, welches mir auch keck

zurück geschenkt wird. Ja, ich bin sehr angenehm überrascht, und plötzlich klingen Ninas Worte ganz anders
in meinen Ohren nach. Sie hat es gewusst, dass ich eine
recht spezielle Ausstrahlung besitze, beziehungsweise
plötzlich entwickelt habe. Die Körperspannung, die
Haltung und das Wohlfühllächeln eines sexuell überaus
erfolgreichen und sehr zufriedenen Mannes scheinen
spürbar und anziehend auf mein weibliches Umfeld zu
wirken. Dabei sehe ich doch gar nicht aus wie einer der
durchtrainierten Machostrandboys.

Ist doch seltsam, denke ich, bin ich Single und auf
der Suche nach einer netten Bekanntschaft, würdigt
mich nicht ein Mädel eines Blickes, doch kaum bin ich
mal in heißer Gesellschaft, da bin ich plötzlich für alle
Frauen interessant. In dem Moment klingelt mein Handy! Ich zucke zusammen, erschrecke regelrecht und
ziehe es aus der Hosentasche.

Es ist Peter! „Hey", sage ich. „Peter …"

„Ja, hi Rolando, nur ganz kurz, sag … bleibts bei 16
Uhr nachher?"

„Ja klar, alles so, wie wir es besprochen haben."

„Prima! Ich freu mich. Nina meint auch, dass wir
beide … wir sollten uns mal wieder unterhalten. So von
Mann zu Mann, auch über heute Abend und alles. Und
auch … über Nina. Sie meint, das sei wichtig, nicht
dass da Missverständnisse aufkommen oder so."

„Peter, verdammte Axt, das gibt's doch nicht, ich
habe eben haargenau dasgleiche gedacht, ich will unbedingt mit dir reden, unser Gespräch gestern in eurem
Badezimmer war spitze."

Ich höre, wie Peter erleichtert aufatmet.

„Da bin ich ja beruhigt. Super! Bis nachher."

„Bis nachher, Peter, alles gut!"

Unglaublich, wie schnell ein solches Kurzgespräch meine Stimmung doch augenblicklich steigern kann. Ich bin allerbester Laune. Ich fühle mich stolz, solch tolle Menschen zu kennen, vor allem freue ich mich auf die bevorstehende Nacht und jetzt auch auf das Männergespräch.

Kurz darauf erhalte ich eine WhatsApp. Von Nina.

„Und? trefft ihr euch?", lese ich und antworte:

„Ja, nachher, wenn du beim Friseur bist." Ich füge einen grinse-Smiley bei.

Es dauert eine Weile, bis ihre Antwort kommt, sehe aber, dass sie am Schreiben ist. Es scheint etwas Längeres zu werden.

„Es ist mir wichtig, dass ihr miteinander sprecht, damit zwischen uns dreien wirklich alles geklärt ist und jeder von uns weiß, wo er steht. Ich mag dich sehr, Roland, und will dich auf keinen Fall durch Missverständnisse vergraulen!"

„Ich mag dich auch sehr, Nina, und war grade dabei, darüber nachzudenken. Dankeschön für die ehrlichen Worte", tippe ich ein. „Mir geht's gut, macht euch keine Sorgen. Ich gehe gleich unten im *Sardenas* eine Kleinigkeit essen. Dir wünsche ich viel Spaß beim Friseur."

„Kennst doch die Frauen, immer schick wollen wir sein", antwortet sie.

„Ich muss los, bis später", fasse ich mich bewusst kurz, denn ich will auch noch in meinem Bungalow nach dem Rechten sehen. Sie antwortet:

„Ciao, bis nachher! Ich mag dich ehrlich sehr. Und Carina auch, und Peter sowieso. Für den bist du schon längst sowas wie der beste Kumpel geworden."

„Danke für die Hinweise, ihr stellt mein Leben ganz schön auf den Kopf, wisst ihr das eigentlich?"

„Ich bin scharf auf dich! Vögelst du denn nachher auch mit mir?"

„Mit dir? Niemals!", packt mich der Übermut und ich füge ein LOL-Smiley dazu.

„Du Schuft!", kommt es auch prompt zurück.

Es erregt mich plötzlich, mit Nina versaute Whats-Apps zu schreiben, während ich ganz belanglos in einem Strandcafè sitze und den Bikinischönheiten hinterher blicke. Und dennoch beschließe ich, eine moderate Antwort zu schicken und fotografiere meine Espressotasse mit dem Strand im Hintergrund. Dann tippe ich:

„Ja, das bin ich, und ich freue mich auf dich." Nach einigem Zögern füge ich auch einen Kuss-Smiley bei und ergänze: „Bis später, Nina." Das Foto schicke ich direkt hinterher.

„Du bist so süß", kommt ihre Antwort. „Bis später, Rolando."

Ich bestelle mir noch einen Cappuccino und einen halben Liter Mineralwasser, verbringe die nächsten Stunden mit einem langen Spaziergang am Strand, einer kleinen Mahlzeit im *Sardinas*, einem Kurzbesuch in meinem Bungalow und mache mich gegen halb vier auf den Rückweg. Kurz vor vier bin ich wieder oben in der Villa.

Peter hat schon alles vorbereitet auf der schattigen Terrasse, und nachdem ich kurz geduscht und ein paar saubere leichte Sachen angezogen habe, begebe ich mich hinaus zu ihm. Wir erkundigten uns gegenseitig, wie unser Tag war und nachdem ich kurz berichtet habe, kommt Peter auch direkt zur Sache, was ihn und Nina so stark beschäftigt.

„Nachdem du heute Morgen gegangen bist, Roland, bekamen Nina und ich plötzlich ganz merkwürdige Bedenken. Ob dies nicht vielleicht alles zu viel ist für dich."

„Zu viel? Wie meinst du das? Zu viel Sex gibt es im Grunde für mich nicht, du weißt doch, wie sehr ich auf Lust stehe, und Nina weiß das auch. Ich kann mir im Moment kaum etwas Schöneres vorstellen, als mit euch hier meinen Urlaub zu verbringen."

„Nein, das meine ich nicht. Wir denken da an zu viel Nähe, an zu viel Nina und Peter. Schließlich sind wir ein Paar und du bist ein Singlemann. Ob du dich vielleicht eingeengt fühlst von uns. Oder … hm …"

„Ja?"

„Na ja, irgendwie von unserer Begierde auf dich okkupiert."

Ich hüte mich davor, laut loszulachen, denn so merkwürdig sich Peters Frage zunächst für mich anhört, so ernst scheint es ihm zu sein. Ich frage vorsichtig nach:

„Wie meinst du das, Peter? Ich mag euch beide sehr, ihr seid die verrücktesten und tollsten Menschen, die ich je getroffen habe. Nie war meine Libido stärker als jetzt. Und nicht nur das, ich liebe auch den Umgang mit euch, weiß eure Aufmerksamkeiten und besonders auch unsere Nähe sehr zu schätzen. Das Miteinander, den Austausch, unsere tollen Gespräche, und überhaupt … Ich fühle mich sauwohl hier. Bei euch, generell auf Ibiza. Das Mittelmeerklima der Balearen bekommt mir außerordentlich gut. Nie habe ich mich freier und erholter gefühlt als jetzt."

„Frei? Wie meinst du das? Das würde mich jetzt doch interessieren."

„Na, frei im Sinne von Lebensfroh. Die Freiheit zu besitzen, Dinge zu tun, die mir wirklich gefallen und mir wichtig sind. Dazu das große Glück zu haben, auf Menschen gestoßen zu sein, die sehr ähnlich empfinden und denken wie ich. Intelligente Menschen, die nicht nur das Leben zu genießen wissen, sondern deren Geist entwickelt ist, offen und frei. Die sich über moralische und gesellschaftliche Bedenken hinweggesetzt haben. Und … die auch einen höchst interessanten Freundeskreis zu besitzen scheinen, auf den ich nun wirklich sehr, sehr gespannt bin, ihn nachher kennenzulernen. Auf die Menschen als solches. Und dazu dann eben Nina …"

„Tja, Nina, da sagst du etwas. Du musst wissen, dass mich Nina manchmal schon auch ein wenig überfordert. Mit ihrer fast unstillbaren Lust, nach ihrem immensen Redebedarf. Auch mit ihrer Intelligenz und ihrer Lebensfreude und ihrem großen Organisationsdrang. Es ist mitunter recht anstrengend für mich auf Dauer." Er trinkt erst einen langen Zug Wasser, dann einen großen Schluck Wein, räuspert sich und blickt mir direkt in die Augen. Offen heraus und sehr direkt. „Nun also, dann rücke ich jetzt mit der Frage heraus, die mich und Nina heute den ganzen Tag beschäftigt hat. Hast du nicht Lust, dein weiteres Leben hier bei uns zu verbringen, nach Ibiza auszuwandern?"

„Wie bitte?", frage ich entgeistert, und hätte ich in dem Moment einen Schluck Wein im Mund gehabt, ich hätte mich schon wieder verschluckt. Und dies, obwohl ich den Gedanken für mich auch schon überlegt hatte. Jetzt aber, so offen und direkt drüber zu reden, macht mich doch ein wenig unsicher und auch sprachlos.

„Ja, einzuziehen, hier in unser Haus! Was machst du denn beruflich, wenn ich mal fragen darf?"

Diese unerwartete und direkte Frage nach meinem Umzug, hierhin nach Ibiza, schmeißt mich dennoch fast vom Sessel, und ich sage ausweichend, um ein wenig Zeit zu gewinnen:

„Ich bin Landesbeamter in der Lohnbuchhaltung in Rheinland-Pfalz, in Koblenz."

Peter starrt mich entsetzt an. „Nee, oder?"

„Na gut, mein lieber Petrovic, kleiner Scherz. Ich bin Repräsentant eines Getränkekonzerns in der Spirituo-sen-Industrie, einer Firma SPIRIKO. Ich lebe da, wo sie ihren Hauptsitz haben. In Koblenz."

„Ist nicht wahr!", ruf er verblüfft. „Du weißt, dass wir hier auf Ibiza auch einen bedeutenden Kräuterlikör haben, der sehr bekannt ist, den *Hierbas Niencas*. Du kennst ihn ja bereits."

„Ich kannte ihn schon vorher", lache ich. „Wir haben ihn leider nicht in unserem Portfolio. Übrigens, mit meinem Spezialausweis komme ich in jede Disco der Welt, in der auch nur eines unserer Produkte steht. Und das sind einige große und überaus bedeutende Weltmarkenartikel, alles Premiumware. Ich wollte euch zum Dank die Tage mal einladen in einen der angesagten Schuppen … hier auf Ibiza."

„Wir kennen einige sehr hochrangige Leute … hier auf Ibiza, so auch den Verkaufsleiter des *Niencas*. Ein sehr umgänglicher Mensch" lässt er sich ablenken und ich spüre es förmlich, wie es in seinem Kopf angefangen hat zu rattern.

„Des Weiteren schreibe ich Kolumnen für große Getränkezeitschriften", ergänze ich.

„Die du selbstverständlich auch von hier aus schreiben könntest", lacht er vergnügt.

„Und ich gebe Cocktail- und Getränkefachseminare."

„Nirgends ist die Bar- und Clubszene weiter ausgeprägt als in Ibiza-Stadt."

Peter scheint nahezu aus dem Häuschen zu sein, mir Ibiza auch beruflich schmackhaft zu machen, mir hier unter Umständen eine interessante Arbeit verschaffen zu können. Auch mich reizt der Gedanke, auszuwandern. Immer wieder mal hatte ich mit der Idee gespielt. Doch einfach so, ohne Ziel und ohne Protektionen, diesen Gedanken ebenso schnell auch wieder verworfen. Auch jetzt plaudere ich einfach ins Blaue hinein und realisiere die Tragweite noch gar nicht wirklich. Jetzt, da er mich konkret danach gefragt hat, es nicht länger nur ein Gedankensplitter von mir ist, über den ich mal nachgedacht habe, in einem ruhigen, stillen Moment. Eigentlich erst gestern Abend. Aber nun?

„Und was machst du, Peter? Beruflich? Die Hütte hier kostet doch bestimmt ne Menge Holz", will auch ich nun wissen

„Na endlich fragst du mal, Don Rolando", lacht er. „Diese Frage kommt zumeist als allererstes, wenn jemand hier zu Besuch ist. Deine Zurückhaltung ist aber ein weiterer, unschätzbarer Pluspunkt für dich. Etwas, was mir sehr gefällt. Tja, also … wir leben hier seit nunmehr fünf Jahren. Ich hatte in Aachen Chemie studiert. Kennst du Aachen? An der belgisch-holländischen Grenze?"

„Ja", nicke ich und untertreibe ein wenig, „kenne ich. Gut sogar. Die alte Kaiserstadt mit dem alten Dom. Kaiser Karl der Große und so. Schöne Stadt, immer eine Reise wert. Nicht ganz zwei Stunden Autofahrt von Koblenz entfernt."

„Während meines Studiums dort entwickelte ich einen neuen Legierungsprozess zur Oberflächenhaltbarmachung von Wasserbetten!"

„Von Wasserbetten?", frage ich verblüfft.

„Ja, genau. Ich meldete noch als Student, mit Hilfe meines Vaters, ein Patent an, und nach meiner Promotion bot ich es dann verschiedenen Firmen an. Ein Großfabrikant aus Paderborn erhielt letztendlich von mir den Zuschlag. Ein Angebot, das ich nicht ausschlagen konnte. Ich verdiene sozusagen an jedem Wasserbett, das er verkauft, mit, und das die nächsten 50 Jahre. Zusätzlich erhielt ich eine einmalige Zahlung in nicht geringer Höhe. Kurzum, ich brauche nie mehr zu arbeiten."

„Wahnsinn, Herr Doktor!", staune ich mit offenem Mund und proste ihm zu.

„Summa cum laude", ergänzt er bescheiden, und wir lassen die Gläser klingen. „Viele Jahre später erfuhren wir von Freunden von einem Bauprojekt auf Ibiza und so begann hier alles. Zuerst störte es uns ein wenig, dass unsere Villa am Rande einer Touristenferienanlage stehen soll, etwas abseits zwar, doch als Nina intervenierte beim Bauträger und Investor, schrieben sie uns Villenbesitzern einen Sicherheitszaun mit mehreren Einfahrten und Gegensprechanlagen zu und etwas über ein Jahr später wanderten wir aus, und hier sind wir nun."

„Hammer!", kann ich nur stammeln. „Das ist ja der Knaller. Und wie kommt Nina ins Spiel?"

„Die lernte ich schon während meines Studiums in Aachen kennen. Sie kommt ursprünglich etwas entfernt aus dem Schwabenländle und studierte in Aachen Chemie und Sport. Und ohne sie hätte ich das alles nie geschafft. Sie war auch bei den Vertragsverhandlungen mit dabei und zeichnete durch viel Geschick hauptverantwortlich für diesen total genialen Abschluss. Gegen ihre große Zähigkeit und Ausdauer konnte der Industrielle letztendlich nur kapitulieren. Sie erreicht immer was sie unbedingt will."

„Diese Schwaben", lache ich. „Sind auch schon ein Menschenschlag für sich. Ich mag sie, sind mir sehr sympathisch."

Wie auf Kommando fiepen in dem Moment unsere Handys. Beide gleichzeitig. Es ist Nina. Erstaunt stellen wir fest, dass Nina eine Gruppe gegründet hat mit dem Titel: „Frivoles Ibiza."

„Nicht zu fassen, die Kleine", staunt Peter und ich stimme bei:

„Das ist ja fein! Nun können wir zu dritt schreiben, jeder für sich und jeder von uns kann es lesen."

„Na? Da staunt ihr, Jungs, was?", hat sie geschrieben, und direkt darunter: „Unterhaltet ihr euch gut?"

„Dieses neugierige Stück", lacht er. „Platzt bestimmt fast vor Ungeduld."

„Komm, wir ärgern sie ein wenig", sage ich schnell, bevor er eine Antwort losschickt. Ich tippe ein: „Tolle Idee mit der Gruppe, Nina." Daumenhochsmiley. „Oh ja, wir unterhalten uns nett."

Und Peter tippt: „Über die Abfolge des Essens zum Schluss. Erst die Süßspeise, oder erst die Käseplatte? Was meinst du, mein Schatz?"

Direkt kommt ihre Antwort: „Boah, ihr fiesen Schurken!" Grrr-Smiley. „ Ich zerlaufe hier fast vor Geilheit und ihr kommt mir mit ner Käseplatte??? Los, sagt schon. Biiiiiitte!"

Peter und ich grinsen uns an und trinken einen Schluck Weißwein. Dann haben wir ein Einsehen mit ihr und Peter schreibt:

„Du armes Ding! Aber hör zu, Liebste. Alles läuft super-mega-hammer-geil! Du wirst umfallen, wenn wir dir erzählen, was los ist!"

„Ja, Wahnsinn! Ehrlich? Jetzt bin ich aber noch auf-geregter. Menno! Und brauch hier mindestens noch 30 Minuten."

„Komm schnell heim", schreibe ich. „Wir haben dir was mitzuteilen und wollen mit dir an-stoßen."

„Du nun wieder, Rolando", kommt ihre Antwort. „Mit euch beiden stoße ich doch immer wieder gerne an, ihr, meine beiden Lust-Männer!"

„Die Hände bleiben ÜBER dem Friseurkittel, du Triebtierchen!", schreibe ich.

„Und deine Knie schön eng beieinander!", fügt Peter bei.

Von Nina kommt kurz darauf ein errötender Smiley, aber kein Text mehr. Peter und ich lachen noch herzlich dann werden wir aber wieder ernst, denn ich frage:

„Und nun sag mal, das meintest du doch eben nicht wirklich ernst, oder?"

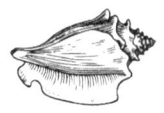

Siebtes Kapitel
Angebote

Peter hat noch einmal unsere Gläser mit neuem, kaltem Weißwein aufgefüllt, blickt nachdenklich ins Getränk, wählt seine Worte mit Bedacht und antwortet mir dann:

„Doch mein Lieber, das ist mein voller Ernst. Denn obwohl wir recht vermögende Leute sind und das Leben in vollen Zügen genießen, haben wir brutal real gesehen, keinen einzigen richtig echten Freund."

„Ehrlich nicht?"

Er schüttelt den Kopf, nippt am Wein und fährt fort:

„Oh ja, wir haben viele gute Bekannte, die wir auch Freunde nennen, Leute, auf die wir uns auch verlassen können, die für uns da sind, wenn wir sie brauchen, mit denen wir gelegentlich auch mal vögeln, um Pep und Lust in unsere Ehe zu bringen, doch lassen wir sie alle nicht so nah an uns heran, dass sie sich mit unserer Intimsphäre verweben. Weißt, so ein echter Kumpel, mit dem ich auch mal knackig versacken kann, so wie damals in meiner Studentenzeit. Der mich so nimmt wie ich bin, der mir mit Rat und Tat zur Seite steht, auch in frivolen Dingen, und nicht nur meine Freundschaft sucht, um an Nina ranzukommen. Du verstehst, was ich meine."

„Ja, ich verstehe leider sehr gut, was du meinst.", nicke ich nachdenklich.

„Viele Typen suchen unsere Freundschaft, aber letztendlich sind sie alle nur scharf auf Nina. Sie sieht aber auch so dermaßen verführerisch aus, wenn sie sich in einem ihrer unzähligen Bikinis am Strand räkelt und ... Also … ich vermisse wahnsinnig eine echte Männerfreundschaft."

„Hm …!"

Ich nicke still vor mich hin, kann Peter sogar sehr gut verstehen, auch ich kann ein Lied davon singen, wie schnell man einen Pulk Freunde um sich hat, wenn man geschäftlich erfolgreich ist. Besonders wohl erst recht, wenn man einen solch heißen Feger wie Nina zur Seite hat. Bei mir sind es eben die Freidrinks, die ich fast überall bekomme.

„Ich kümmere mich um viele gemeinnützige Dinge, die die Insel Ibiza betreffen" erzählt er weiter, „Nina hingegen hilft gelegentlich ihrer Freundin Carina in der Boutique aus."

„Das finde ich richtig klasse", werfe ich ein.

„Außerdem kümmert sie sich um all unsere Einkünfte und Ausgaben. Hält den Laden quasi sauber. Gut zu tun haben wir also alle Tage."

„Kann ich mir gut vorstellen!".

Wir trinken beide noch einen Schluck und er setzt dann fort:

„Aber einen Freund, einen echten, guten, wunderbaren Freund, den vermissen wir doch beide sehr. Von der sexuellen Komponente ganz zu schweigen." Er nickt sich stumm selber zu, überlegt kurz. „Weißt du Roland, du bekommst es ja gar nicht mit, wir unterhalten uns viel über dich, und wir sind uns beide einig, dass es jammerschade wäre, wenn du in zwei Wochen auf Nimmerwiedersehen entschwinden würdest. Schau, wir haben insgesamt vier Gästezimmer hier. Wir würden dir zwei nebeneinander liegende Zimmer nur zu gerne überlassen, in denen du dich nach deinem Umzug einrichten kannst, alles andere in unserem Haus steht dir sowieso zur freien Verfügung."

Wir blicken uns eine Weile schweigend an, sind nicht in der Lage einen Schluck Wein zu trinken, zu überwältigt bin ich von Peters Vortrag und seinem Angebot. Nun wäre vermutlich der Moment gekommen zu sagen, dass ich erst einmal eine Nacht darüber schlafen müsste, doch Peter hat auf so entwaffnende und ehrliche Weise die Karten offen auf den Tisch gelegt, ja sprichwörtlich die Hosen heruntergelassen, dass alles in mir brennt, vor Überraschung, vor Freude und vor einem nie gekannten Glücksgefühl. Ist das hier jetzt die Chance meines Lebens? Außerdem muss ich daran denken, wie Nina und Peter die Idee erst gestern, glaub ich, noch versucht hatten, mir schmackhaft zu machen, als er ihr vor meinen Augen an die Brüste gefasst und sie geknetet hatte. Und gemeint hatte, dass wir beide zusammen, oder auch ich nur alleine, seine Frau liebkosen könnten, so oft wir wollen. Und Nina ist nun mal ein entscheidender Faktor in dem ganzen Spiel, das will und kann ich auch nicht leugnen.

Schließlich sage ich zögerlich und wohldurchdacht:

„Mein lieber Peter, ich bin vollkommen baff über die Entwicklung unseres Gesprächs, und ich brauche keine Minute, um das Für und Wider abzuwägen, ich sage laut und deutlich Ja! zu deinem schier unglaublichen Vorschlag. Auch ich habe auf Grund meiner beruflichen Situation schon ewig keinen echten Freund mehr gehabt, außer einer Menge Trittbrettfahrer. Auch ich habe schon sehr lange eine große Sehnsucht danach, auszuwandern in wärmere Gefilde. Wenn ihr es wirklich ernst meint, und das glaube ich dir nun felsenfest, so würde ich das tun. Ein Container von Rotterdam, von wo aus unsere Firma ihre Produkte in alle Welt verschifft, ist schnell gebucht und die Frachtpapiere auszustellen kostet mich ein müdes Lächeln, das ist alles kein Problem. Viel wichtiger ist mir, endlich wirkliche Freunde gefunden zu haben. Ganz zu schweigen, was mein Schwanz dazu sagt, denn der hat sich grad eben wieder vor Lust aufgerichtet."

„Hey yeah, man!", lacht Peter.

Ich trinke nun doch einen großen Schluck und fahre fort, eine Hand an meinem Schritt, weil mich das alles doch wahnsinnig erregt:

„Mit anderen Worten, ja, ich würde es machen. Euer Haus ist wirklich groß genug, um auch eine Rückzugsmöglichkeit zu haben. Mir würde sogar nur ein Zimmer voll und ganz genügen. Mit Balkon und Seeblick", füge ich lachend bei, doch dann wieder ernsthaft: „Was würde denn Nina dazu sagen?"

Jetzt ist es an Peter laut loszulachen. „Die? Na, es war doch ihre Idee! Dennoch wird sie wohl vor Glück erst mal in den Pool springen und laut schreien. Vor Freude."

„Diese Schwabenweiber!", sage ich und lache gerne mit ihm mit. „Wir sollten das besiegeln, mit einem *Hierbas Niencas*."

„Das machen wir, mein lieber guter Freund, wenn Nina zurück ist. Jetzt aber dennoch erst mal Prost!"

Wir erheben unsere Weingläser, stoßen an und leeren das kühle Nass in einem Zug. Auf ein Zerschlagen der Gläser verzichten wir aber, denn bei all der Barfußlauferei wäre das höchst unklug. Stattdessen haben wir uns erhoben und fallen uns in die Arme.

„Das ist das schönste Geschenk aller Zeiten, Peter", sage ich leise und er antwortet:

„Für uns auch, das glaubst du gar nicht."

In dem Moment kommt laut hupend ein Auto die Auffahrt hinauf. Es ist Nina. Schnell holt Peter ein weiteres Weißweinglas hervor, stellt es auf den Tisch und verteilt den Rest der Flasche auf die drei Gläser. Viel ist es nicht mehr, doch zum Anstoßen wird es reichen.

„Uuuund …?", ruft Nina schon von weitem und kommt die Stufen heraufgesprungen. Peter und ich tun absichtlich gelangweilt und begrüßen sie mit:

„Du hast die Haare schön, Nina", stelle ich fest.

„Ja, finde ich auch. Die neue Frisur steht dir ausgezeichnet, vor allem der Pony, und besonders aber die entzückenden, kecken Zöpfe", befindet Peter mit allem Ernst in der Stimme. „Wie süß sie doch hüpfen."

Nina ist etwas perplex, doch siegt ihre weibliche Eitelkeit.

„Dankeschön, Jungs, denn wie gesagt, ich werde heute Abend als braves Schulmädchen gehen. Ich ziehe mich nachher um. Und meine Fingernägel? Gefallen sie euch?" Es ist nicht zu übersehen, dass sie sich noch eine Maniküre gegönnt hat und auch ein entzückend roter Nagellack ist bereits aufgetragen. Doch dann hält sie es nicht mehr länger aus. „Und nun sagt schon, spannt mich nicht solange auf die Folter. Was gibt es denn so spannend Neues zu berichten?"

Peter verteilt nonchalant die drei Weingläser und spricht salbungsvoll:

„Auf unseren zukünftigen Ibizenker Rooolandooo!"

Und noch bevor Nina auch nur einen Ton sagen kann, stößt er mit uns an. Und dennoch schreit sie so laut, dass man es bis Ibiza-Stadt hören muss!

„Jaaa …!"

Und Peter und ich stimmen sofort ein:

„Jaaa …!" Dann leeren wir auch diesen letzten Schluck auf Ex. Anschließend fällt Nina mir um den Hals, drückt mich so fest sie kann an sich, küsst mich fünf, sechs, sieben Mal auf den Mund, dann schlingt sie ihre Arme um ihren Mann, gibt ihm tausend Küsse und stammelt:

„Ich fass es nicht! Ich kanns noch gar nicht glauben! Ist das wirklich wahr? Oh Peter! Das ist der drittglücklichste Moment in meinem Leben, seit unserer Hochzeit und dem Vertragsabschluss über die Wasserbetten."

Dann zieht sie mich zu sich und zu dritt drücken wir uns fast die Luft aus den Lungen.

„Für mich ist alles noch so dermaßen wahnsinnig neu und aufregend, ich brauche jetzt erst mal einen Schnaps", verkünde ich atemlos.

„Einen *Hierbas Niencas*", schlägt Peter lachend vor und füllt drei Doppelte in die hohen schlanken Likörgläser.

„Auf uns drei", ruft Nina.

„Auf Ibiza", rufe ich und Peter stimmt ein:

„Auf heute Nacht, auf unsere Party, wir werden es ausgiebig feiern, dass die Hütte kracht. Wir drei rocken die Party!"

„Aber hallo!", grinst sie und legt gekonnt eine kleine Bauchtanzeinlage hin, die ihre Hüften und auch die Brüste zum Schwingen bringen. Und lacht vergnügt. Streicht sich lasziv mit der Zunge über die Lippen und haucht: „Ficken, bis nur noch heiße Luft kommt!" Wieder einer dieser ungeheuerlichen Trinksprüche, die uns alle drei schallend auflachen lassen. Wir stoßen an und vernichten auch diesen Inhalt in einem Zug.

„Kinners", sage ich mach einer Weile. „Entschuldigt mich, ich muss mich jetzt mal ne Stunde aufs Ohr legen, das war jetzt alles gerade ein bisschen viel für mich. Bin völlig geplättet. Weckt mich um 18:30 Uhr, bitte. Dann geht's los, die geilste Party aller Zeiten hier."

„Ist okay, mein heißer Neuinsulaner", lacht Nina. „Ich komm dich nachher wecken. Und du Peter, erzähl mir alles, ja? Bitte …!

Vor lauter Übermut wähle ich nicht den Weg um den Pool herum, sondern springe mit Anlauf und per Hechtsprung in voller Montur mitten hinein ins erfrischende Nass. Peter hebt kurzerhand seine kreischende Nina auf die Arme und will hinterherspringen.

„Bitte Peter!", schreit sie, jetzt doch sehr böse. „Meine Frisur! Zwei Stunden war ich beim Friseur! Sonst jederzeit gerne, das weißt du, aber JETZT NICHT!"

Recht hat Nina, denn sie sieht einfach zu entzückend aus mit ihrer neuen Frisur, es wäre wirklich ein Jammer. Peter nickt und setzt sie ab.

„Hast ja Recht, Liebste, entschuldige, auch ich bin völlig aus dem Häuschen von der neuesten Entwicklung. Roland hat wirklich Ja! gesagt. Das haut auch mich um, ganz ehrlich. Und du … du siehst einfach wundervoll aus. Komm, ich koche uns einen starken *Caffé*, und dann erzähle ich dir alles, ja?"

„Kein kleines Fickerchen auf die tollen Neuigkeiten?", mault Nina und zieht tatsächlich eine Kleinmädchenschnute.

„Nein, Nina, du bleibst keusch bis heute Abend", entscheidet Peter rigoros. „Ich will, dass du geil bist ohne Ende nachher. Auf uns alle, besonders aber auf Roland und mich."

„Aber das bin ich doch jetzt schon! Sieh, wie meine Nippel stehen, und ich glaube, ich bin auch schon feucht. Fühl doch mal!"

„Nina!", braust Peter auf. „Genug jetzt!"

Mir scheint, er ist tatsächlich ein wenig erbost auf seine süße Nina und ich sehe zu, dass ich auf der anderen Seite des Pools an Land klettere. Dennoch komme ich nicht umhin, mir dort die nassen Sachen auszuziehen und splitternackt ein wenig herum zu posieren, prompt reagiert Nina.

„Na warte du! Du Neuinsulaner! Heute Nacht, da trommel ich alle Weiber zusammen, und dann fallen wir gemeinsam über dich und deinen geilen Schwanz her!"

Ich schlüpfe in den Bademantel und verziehe mich winkend ins Haus. In der Küche mahlt Peter gerade per Hand mittels einer uralten Kaffeemühle die Bohnen.

„Willst du nicht doch einen starken Kaffee, Roland? Da ist noch was, was ich dir zeigen möchte."

„Nee du, lass mal, die Wanderung heute Vormittag und all die unerwarteten Ereignisse haben mich echt ein wenig geschafft, ich ziehe mich für ne Stunde zurück, muss mich mal hinlegen und ein wenig Augenyoga betreiben."

„Warte", bittet Peter und ruft dann laut in Richtung Terrassentür: „Nina! Komm mal bitte, schnell! Ich will dir was zeigen!"

Jetzt werde ich doch neugierig, verschließe aber fest meinen Bademantel und verknote den Gürtel.

„Ich will jetzt nicht schon wieder scharf werden, Peter, das was wir heute Nacht vorhaben und womöglich morgen auch den ganzen Tag lang noch, wird meine ganze Manneskraft erfordern. Bedenk mal, sechs willige und zu allem bereite Frauen. Wie wollen wir das schaffen?"

„Deshalb will ich dir ja etwas zeigen", antwortet er und grinst mich verschwörerisch an, als Nina die Küche betritt.

„Was gibt's, Jungs?", fragt sie auch sofort kokett. „Wollt ihr mich wieder auf den Küchentisch legen, hm?"

„Nein, jetzt noch nicht, Ninamaus, aber sieh her, was ich besorgt habe."

Er zieht eine Schublade auf und holt ein Päckchen Medikamente hervor. Nina beginnt zu grinsen, ich stutze.

„Was ist das?", frage ich verdutzt.

„Das ist eine 12er Packung *Sildenafil*, mein Lieber", erklärt Nina. „Der selbe Wirkstoff, der auch in *Viagra* enthalten ist. Lässt eure Schwänze die große Nachfrage nachher besser und eindrucksvoller überstehen."

Mir ist das ein wenig peinlich, besonders in Ninas Gegenwart. Peter aber klopft mir auf die Schulter und meint lapidar:

„Sechs Frauen flach zu legen ist keine allzu leichte Angelegenheit. Ich denke, wir sollten uns nachher ein wenig präparieren, wenn wir sie alle vögeln wollen. 100 mg wird die richtige Dosis sein."

Nina und Peter nehmen die Chemiehilfen wirklich erstaunlich locker, und so entspanne auch ich mich.

„Zweimal schon habe ich die Dinger genommen, aber da waren sie noch blau, also die Pillen", gestehe ich. „Diese hier sind ja schneeweiß. Aber egal, es war damals beim Tantra, da sollten wir innerhalb eines Vereinigungsrituals nacheinander mit vier verschiedenen Frauen uns ‚vereinigen', wie es so schön hieß."

„Also vögeln!", fährt Nina mir dazwischen. „Da waren die Spaßpillen doch bestimmt völlig in Ordnung und auch hilfreich, oder?"

„Ja, das waren sie, zumindest bei denen, die ne halbe Pille eingeworfen hatten."

„Ich rate euch auch, Jungs, nehmt nachher jeder eine Fickpille. Ruhig auch eine Ganze. Die volle Ladung. Ihr werdet sie brauchen, denn die Nacht wird lang und geil, und … welche Frau hat schon was gegen einen feinen, dicken, harten Schwanz einzuwenden? Hauptsache, wir werden ordentlich durchgevögelt. Und …. ehrlich gesagt, mich macht das gerade ganz schön an. Wir Frauen sehen das ganz eigennützig, nur kaum eine gibt das zu. Und die Männer eh nicht. Mir ist das sogar auch recht, dass ihr sie nehmt. Ich will nämlich dabei zusehen, wenn ihr sie einwerft. Sollen wir nachher nicht ein kleines Ritual daraus machen? Was meint ihr? Wir drei?"

So ein Luder, ich weiß nicht, ob sie sich über uns lustig macht, oder es ernst gemeint ist. Ich tippe auf zweites, denn ihr spitzbübisches Grinsen fehlt.

„Aber nehmt sie erst später", erklärt sie weiter, „etwa eine Stunde vor der Party, denn das Zeug hat eine Halbwertszeit. Und anfangs sind immer ein paar komische Nebenwirkungen festzustellen, habe ich mir sagen lassen. Wenn die Blutgefäße sich erweitern. Besonders im Kopf."

„Besonders, da du es warst, die mir das Rezept besorgt hat", grinst Peter. Nina blickt unschuldig zur Decke und flötet mit gespitzten Lippen ein paar Töne.

„Ihr beiden seid einfach völlig unglaublich!", lache nun auch ich und merke an: „Okay, ich bin dabei, ich mache mit. Vielleicht schaffe ich es ja dann endlich, mal mit Nina zu poppen."

„Duuu …!", ruft sie und sucht sich einen Gegenstand, den sie nach mir werfen kann, aber ich habe mich schon auf und davon gemacht.

Noch drei Stunden bis zur geilsten Party aller Zeiten, denke ich noch, nackt unter dem dünnen Bettlaken liegend, was wird mich nur alles erwarten? Was wird uns als Trio erwarten?

Eine einzige hammergeile Sexparty? Ja, das wohl bestimmt, denke ich und zähle mir im Geiste noch einmal die Namen der Frauen auf. Nina, Carina, Alexa, Inéz, Costanza und Daniela. Sechs heiße Stuten. Ich muss nun doch innerlich grinsen. Klingt verdammt gut!

Und was die Typen betrifft, wenn die wirklich so rangehen, als gäbs kein Morgen, das ist mir schon ein bisschen unangenehm. Sehe ich doch meine Stärken nicht unbedingt im Totalangriff, sondern mehr in der Nähe. Ein bisschen Unwohl ist mit schon, aber letztendlich brauche ich keine Konkurrenz zu fürchten. So wie alle anderen bin auch ich in fester Begleitung und es wird in erster Linie darum gehen, mit so vielen wie möglich, ausschweifende Begegnungen zu feiern.

Obwohl mir Alexa und Inéz als die attraktivsten Frauen beschrieben worden sind, bin ich aber auch auf Costanza neugierig, was das mit dem Femdom-Tick auf sich hat.

Kurz darauf döse ich aber doch ein.

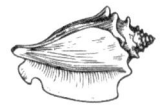

Achtes Kapitel
Partyvorbereitungen

Kurz aber erholsam war mein Schläfchen. Ich öffne die Augen, ohne auch nur einen Moment lang den Hauch einer Ahnung davon zu haben, wie sehr sich nur knapp 10 Stunden später nicht nur ich, sondern mein komplettes Weltbild einmal um 180 Grad gedreht haben würde. Denn ich wache dadurch auf, dass Nina mir das Laken herunter gezogen hat und mit gespreizten Beinen auf meinen Oberschenkeln Platz genommen hat.

„Aufwachen, mein lieber Rolando", säuselt sie mit Engelsstimme, „nur noch zwei Stunden, bis die Gäste eintreffen." Erschrocken will ich mich aufrichten, doch Nina drückt mich sanft aufs Kopfkissen zurück. „Peter hat mir alles haarklein erzählt, während du hier wie ein Unschuldslamm geschlafen hast, und weißt du was? Ich bin so dermaßen happy und glücklich, das glaubst du gar nicht. Für mich geht ein echter Traum in Erfüllung."

Ich verstehe im ersten Moment nicht was sie meint, und wovon ich Peter, ihrem Mann, was erzählt habe. Worüber habe ich mich mit ihm unterhalten? Ich benötige keinen weiteren Input, denn schlagartig fällt es mir wieder ein. Er hatte mich gefragt, ob ich mir vielleicht vorstellen könnte, aus Deutschland auszuwandern und zu ihm und Nina nach Ibiza zu ziehen. Hierhin in ihre Villa am Meer. Und ich hatte, nachdem ich mich von meiner Überraschung halbwegs erholt hatte, erklärt, dass ich mir das sehr gut vorstellen könnte. Inzwischen hat Peter, so wie es aussieht, seiner Frau meine Antwort genauestens erzählt, und Nina ist nun in mein Zimmer gestürmt gekommen, um mich zu wecken. Außerdem steht unsere gemeinsam geplante Party unmittelbar bevor. Eine Party zu zwölft, sechs Damen und sechs Herren. Eine Party, die im Zeichen der Wollust stehen soll und woraufhin Nina uns geraten hatte, dass Peter und ich je eine Tablette 100 mg *Sildenafil* schlucken sollten, um nicht nach der Hälfte der Nacht unter Standschwierigkeiten zu leiden.

Sie beugt sich zu mir vor, lächelt mich an und gibt mir einen Kuss. Erst jetzt sehe ich, dass sie sich schon zurecht gemacht hat. Sie duftet atemberaubend und trägt ein weißes Blüschen, das offen steht und nur mit den Enden oberhalb ihres Bauchnabels locker zusammengeknotet ist, dazu ein sündhaft kurzes, kariertes Schulmädchenröckchen. Die Zöpfe geben ihr ein unschuldiges Äußeres, sie sieht hineinreißend begehrenswert aus.

„Gefalle ich dir?", haucht sie, und ich spüre deutlich, dass sie sich bereits im zügellosen Lustmodus befindet und es anscheinend kaum noch abwarten kann, bis die Party endlich beginnt. „Willst du meine Möse sehen? Ganz frisch rasiert, und mein Hintereingang ist auch ganz sauber."

„Nina", winde ich mich. „Bitte…", denn ihre Berührungen bleiben nicht ohne Folgen. Schon überlege ich, ob ich die Sexpille wirklich benötige. Doch das Mädchen ist selbstverständlich nicht unschuldig sondern im höchsten Maße unartig. Sie richtet sich auf die Knie auf, zieht den kurzen Rock hoch und schiebt ihren Schritt vor mein Gesicht. Ich kann nicht anders, ich muss sie riechen und gleich darauf auch lecken!

„Und Peter hat gesagt, dass wir beide miteinander Spaß haben können, wann immer wir es zukünftig wollen. Ist das nicht scharf? Also nicht nur nachher auf der Party, sondern immer! Das ist das Allerschönste, denn ich habe es mir so sehr gewünscht."

Meine Güte, denke ich, Nina ist schon wieder feucht, wie soll das nur werden, heute Nacht? Mir dringen dann aber doch ihre aufgeregten Worte ins Bewusstsein und ich lächele sie verzückt an.

„Oh, können wir das? Was für freudige Kunde, mein süßes Mädchen."

„Ja, stell dir doch nur mal vor, was alles möglich sein kann, wenn du erst hier bei uns eingezogen bist. Deinen Umzug hinter dir hast. Ein Traum! Und was heute Abend betrifft: Alle Frauen werden heiß auf uns sein, Roland, alle! Und die Kerle sowieso. Wir haben schon die schärfsten WhatsApps bekommen die ganze Zeit. Alle wollen hemmungslos umtriebig sein!", erklärt sie stockend, denn mein Zungenspiel bleibt bei ihr nicht ohne Wirkung. Plötzlich höre ich von unten ein lautes:

„Nina! Was habe ich dir gesagt? Nur wecken! Und sonst nichts! Komm sofort wieder runter!"

Nina seufzt, doch ich führe ihr unvermittelt meinen Daumen tief in ihren nassen Eingang hinein. Einmal prüfen muss schließlich sein!

„Du nimmersattes Triebtierchen wirst heute so dermaßen durchgevögelt, dass dir hören und sehen vergeht!", flüstere ich mit vor Lust triefender Stimme. Nina schreit auf und ich ziehe mich wieder zurück. Dann schiebe ich sie von mir und stehe auf. Drohend steht mein steifes Glied empor. „Meinst du wirklich, ich brauche die Silde … Dingsbums?"

„Mich würde es unglaublich erregen, dabei zuzusehen, wie Peter und du sie schluckt, ja. Und bedenke, die Nacht ist sehr lang. Sechs nasse und zu allem bereite Mösen …", flötet sie und zuckt mit den Augenbrauen. „Und was deinen Fickprügel hier betrifft …", sie fasst ihn mit festem Griff an, „den will nicht nur ich nachher tief in mir spüren, sondern die anderen Luder auch. Das weiß ich bereits. Und damit du es nur weißt: Ich habe ihnen allen schon geschrieben, wie sehr du auf geile Titten stehst!"

Nina hüpft wie ein junges Mädchen mit fliegenden Zöpfen aus dem Zimmer, und ich eile kopfschüttelnd ins Bad. Nina ist wirklich unmöglich! Ich dusche und wasche mich gründlich, rasiere Gesicht und Intimbereich und schneide mir dann die Fingernägel. Voller Vorfreude ziehe ich mir eine dünne, lange Hose und ein weites Hemd an, dazu die Slipper, und fertig bin ich. Bereit für Ausschweifungen und Exzesse, bereit für die heißeste Party des Jahres. Und das auf Ibiza! Yeah! Ich balle die Faust und fühle mich großartig.

Zu meiner Überraschung ist unten schon fast alles für das Fest vorbereitet.

„Da staunst du, was?", ruft Peter. „Das *Sardena*s hat uns schon ein ganz feines Buffet aufgebaut, die Kühlschränke sind vollgepackt mit Getränken, genügend Eis für die Drinks vorhanden, im Garten und auf der Terrasse sind überall dezente Beleuchtungen, Kerzen und Windlichter aufgestellt, und …"

„Und ich bin auch schon fertig!", kommt es plötzlich von hinten, und die Badezimmertür fällt ins Schloss. Ich drehe mich um. Es ist Ninas Freundin Carina! Ihres Zeichens die einzige Singledame, so wie ich der einzige Singleherr heute Abend bin. Sie muss hier angekommen sein, als ich schlief. Ich habe ihre Ankunft auf jeden Fall nicht mitbekommen.

„Donnerwetter!", rufen Peter und ich wie aus einem Munde. Mit ihrem typisch professionellen Gang kommt sie den Flur entlang zu uns ins Esszimmer. Sie trägt ein fast knöchellanges, dünnes schwarzes Kleid, das jedoch ein solch atemberaubendes Dekolleté herzeigt, wie ich es noch nicht gesehen habe. Im Grunde ist es kein Dekolleté, sondern nur zwei breite Träger, die hinten im Nacken zusammengebunden sind und vorne nach unten verlaufen, jedoch ihre üppigen Brüste nur hälftig bedecken. Knapp unter dem Bauchnabel beginnt tatsächlich das Kleid, das sich jedoch ca. eine Handspanne unter ihrem Schritt zu einem Schlitz öffnet. Kokett dreht sie sich um und der hintere Teil des Kleides lässt ihren Rücken frei bis unterhalb des Steißbeines. Ihr Po und die Beine jedoch sind komplett bedeckt. Dazu trägt sie vermutlich sündhaft teure schwarze High Heels.

Peter und mir steht der Mund offen und Carina begrüßt uns mit einem: „Na Jungs? Gibt's hier auch was zu trinken?"

In dem Moment kommt Nina in ihrem Schulmädchenoutfit von der Terrasse herein und stutzt ebenfalls überrascht.

„Na, Süße", wird sie von Carina begrüßt. „Heute mal als freche Göre unterwegs, hm? Und dazu barfüßig. Armes Ding!"

Geht das schon wieder los? Ich will grade zu einer scharfen Bemerkung ansetzen, als Peter mir beruhigend die Hand auf die Schulter legt und nur stumm den Kopf schüttelt. Nina begutachtet abschätzend ihre Freundin von oben bis unten und sagt dann geringschätzend:

„Deine Fickschläppchen sahen auch schon mal besser aus, Schätzchen!" Carina zieht die Augenbrauen zusammen, sagt aber nichts, stattdessen fährt Nina fort: „Wart erst mal, bis ich meine Overknees anhabe nachher, dann wirst du sehen, was die Göre so drauf hat."

Dann jedoch fallen sich die Mädels in die Arme und Carina ergänzt dann doch, dass Nina zum Anbeißen lecker aussieht. „Die Zöpfe stehen dir super gut, das hat Jorge grandios hingekriegt. Alle Achtung!"

Peter beeilt sich, eine kalte Flasche *Cava* zu öffnen und vier Sektgläser zu füllen. Lüstern sehen wir uns in die Augen und stoßen an.

„Ihr seht hinreißend aus, ihr beiden Hübschen", kann ich nur sagen, etwas Besseres fällt mir im Moment nicht ein, und es ist die Wahrheit.

„Warte erst mal ab, mein lieber Rolando", grinst die kesse Nina, „bis die anderen Mädels hier sind, wir Girls haben nämlich heute Morgen per WhatsApp noch etwas unsere Kleiderordnung verändert. Heute seid ihr dran, ihr Jungs, dass euch hören und sehen vergeht."

„Stimmt, so wird es sein und Daniela rief mich vorhin noch an, sie wisse nicht, was sie anziehen soll, etwas dermaßen Frivoles hätte sie nicht im Schrank", lacht Carina und zieht etwas aus ihrer Tasche. „Seht mal, das habe ich für sie mitgebracht. Ein hauchdünnes, fast durchsichtiges, ganz leichtes Kleidchen in heller Bronzefarbe. Das wird super zu ihren dunkeln Haaren passen. Und dazu diesen Gürtel hier."

Mir fehlt etwas die Vorstellungskraft, um es mir genau ausmalen zu können, denn ich kenne die spritzfreudige Daniela ja gar nicht, Nina aber ist sofort hellauf begeistert.

„Wow!", ruft sie. „Das sieht ja heiß aus, todschick! Das wird der Süßen bestimmt ganz hervorragend stehen. Aber *by the way*, noch eine Stunde. Jungs! Medikamentenausgabe!"

„Nanu?", fragt Carina verblüfft und hebt die Augenbrauen. Nina jedoch führt uns zur Küche, öffnet jene Schublade und holt die Pillenschachtel hervor. „*Sildenafil!*", erklärte sie ihrer Freundin. „Peter und Roland haben beschlossen, je 100 mg davon zu nehmen und sich gegen die Frauenpower zu wappnen."

„Ist nicht dein Ernst!", ruft Carina. „Das gibt's doch nicht. Echt jetzt? Das habe ich ja noch nie gesehen, dass ein Mann sich das vor den Augen von Frauen gibt. Wahnsinn! Das macht mich aber völlig an jetzt."

„Ja, mich auch!", antwortet Nina. „Ich kann dir sagen! Und … wir beide, Liebes, müssen gut darauf achten, dass unsere Herren auch ordentlich stimuliert werden, dass der Wirkstoff auch gut anschlägt."

„Das ist ja völlig verrückt! Mit Sicherheit hat der eine und andere meiner Liebhaber das auch schon genommen, da bin ich mir ganz sicher, aber alle immer nur heimlich. Wie heißt das andere Produkt? *Cialis*? Das gibt's ja auch noch, oder?"

„Ja, aber nicht heute", lacht Nina. „Und nun Jungs: Mund auf!"

Sie hat zwei der Pillen aus dem Streifen gedrückt. Fasziniert und mit leuchtenden Augen sehen die Frauen dabei zu, wie Peter und ich die Tabletten mit Mineralwasser herunterschlucken. Was die beiden wohl nun denken mögen, überlege ich, denn sie verfolgen unser Tun mit dem größten Interesse.

„Unglaublich", bekundet Carina auch prompt ein weiteres Mal ihre Verblüffung, als sei es eine Sensation „Und wann setzt die Wirkung ein?"

„Je nachdem, wie wir den beiden einheizen, Carina", erklärt Nina. „Am besten gar nicht mehr dran denken, Jungs. Wir machen das schon, nachher."

Damit gibt sie sowohl Peter als auch mir einen Kuss und wir leeren unsere Sektgläser und fahren mit den Partyvorbereitungen fort. Die Frauen unterhalten sich leise in der Küche, ich bin mit Peter draußen auf der Terrasse.

„Und? Hast du schon einen Steifen?", frage ich neckisch.

„Na klar, aber das schon den ganzen Tag, ich bin wahnsinnig erregt, und Nina und Carina sehen ja schon mal hammerscharf aus."

„Kann man wohl sagen, total scharf. Aber jetzt bin ich auch gespannt auf die anderen Weiber."

Nach einer Weile spüre ich, dass doch etwas passiert, und zwar in meinem Kopf. Ein leichter Druck setzt ein, ich bekomme einen trockenen Mund, meine Ohren werden heiß und ich werde ein wenig fahrig. Kann mich kaum noch konzentrieren und ertappe mich dabei, wie ich mit weit aufgerissenen Augen auf irgendeinen Punkt starre.

Plötzlich steht Nina hinter mir. Ich habe sie gar nicht kommen hören oder bemerkt und sie streicht mir leicht über den Rücken. Ich zucke zusammen.

„Kein Grund zur Panik, Roland, das geht schnell vorbei. Konzentriere dich am besten auf irgendetwas. Wie wär's, wenn du schon mal mit dem Begrüßungs-drink beginnst. Und am besten redest du auch dabei, er-kläre uns doch, was du da mixt, ja? Lenk dich einfach ein bisschen ab, dann vergisst du die anfangs ein wenig unangenehmen Nebenwirkungen"

„Okay", nicke ich, froh über die Unterhaltung, denn dieses Gefühl ist doch irgendwie recht unangenehm. „Mir ist, als sei mein Blut anstatt in meinen Schwanz, mir in den Kopf geschossen, Nina. Ist das normal?"

„Ja, das ist ganz normal, Peter wird es ganz ähnlich gehen. Am ehesten merkt man es im Kopf, wenn sich die Blutgefäße weiten. Aber das vergeht auch schnell wieder."

Gemeinsam gehen wir zurück in die Küche. Dort steht Carina neben Peter und knetet ihm den Schritt.

„Peter hat schon einen stehen", erklärt sie Nina und mir. „Guck mal, seine Beule."

„Peter hat fast immer schnell einen stehen, Süße, bilde dir mal darauf nichts ein", bemerkt Nina schnippisch. „Roland wird uns nun erklären, was er uns allen Feines mixt zur Begrüßung."

Ich fühle mich zwar etwas tapsig, fange mich aber sobald ich den Edelstahlshaker in der Hand habe. „Gut, aber ihr müsst mir assistieren, Leute, ja?"

„Ja, Chefe!" antworten meine neuen Freunde und Peter nutzt die Chance, um von Carinas Hand wegzukommen. „Sag nur, was du brauchst und was du uns Tolles mixt".

„Prima", beginne ich meinen Vortrag. „Dieser Begrüßungsdrink entstand auf Basis des *Spritz* aus Italien, und …"

„Wie passend!", unterbricht Carina mich lachend. Ich werfe ihr einen strengen Blick zu und sie sagt auch sofort: „Okay, okay, tut mir leid, Roland, ich wollte dich nicht unterbrechen."

„… und basiert natürlich auf *Aperol*", fahre ich fort. „Peter, bitte den *Aperol*."

„Jawoll", sagt Peter, salutiert und reicht mir den hellrot-farbenen *Aperol* an.

„Ursprünglich wollte ich ja meine berühmten *Bellinis* mixen, das hatte ich aber erst unlängst auf einer Gartenparty in Niedersachsen getan und will heute etwas Neues kredenzen. Also … noch einmal: Der *Spritz* kommt ursprünglich aus dem Friaul und Venetien im schönen Norditalien, dort ist er ein äußerst beliebter Aperitif. Einer meiner Barkeeperkollegen, ein gewisser Walter Horn aus Ahrensburg bei Hamburg, hatte ihn allerdings 1994 anlässlich einer internationalen Cocktailmeisterschaft etwas umgewandelt und damit einen Preis gewonnen. Zu einer Zeit, in der der *Aperol* noch gar nicht auf dem deutschen Markt erhältlich war. Erst nach der Jahrtausendwende begann der Boom auch in Deutschland. Der *Aperol* gilt als italienischer Likör und gehört mit zur *Campari*-Gruppe. Kennt ihr ja, diesen bitteren roten *Campari*, nicht? Klar, kennt jeder. Und doch, der *Aperol* unterscheidet sich erheblich, er ist längst nicht so bitter und der Geschmack ist eher fruchtig-leicht-bitter und besteht aus Rhabarber, gelbem Enzian, Chinarinde, Bitterorange und aromatischen Kräutern und enthält grade mal mickrige 15 Prozent Alkohol in Deutschland. In Italien und hier auf Ibiza sogar nur elf Prozent. Das ist natürlich albern für einen Showdown für unsere heißeste Party des Jahres, oder? Logisch!"

„Logisch!", ruft Peter, „der gehört aufgepeppt!"

„Finde ich auch", nickt Nina und auch Carina nickt, schweigt aber. Wo guckt sie denn nur hin? Auf meinen Schritt? Passiert da etwas? Ich habe das Mittelchen nämlich inzwischen völlig vergessen und starre ihr auf die Brüste. Gut sieht sie aus, das Luder, denke ich, verdammt scharf. Und sie ist komplett nackt unter dem Kleid. Jetzt beißt sie sich sogar noch auf die Unterlippe und streichelt sich vor meinen Augen zwischen den Beinen.

„Carina!", ruft Nina. „Lenke mir den Roland nicht ab hier. Das kannst du später immer noch machen. Geiles Stück!"

„Ich wollte doch nur die Pillenwirkung etwas forcieren!", mault Carina gespielt. „Ich glaube nämlich, dass die Wirkung bereits einsetzt."

„Diese Veränderung werde ich euch heute anbieten", lasse ich mich nicht beirren, bemerke aber ein feines Ziehen in meinem Schritt, wie es sich dort regt, setzte lieber schnell meinen Vortag fort. „Denn der gute Kollege Walter nahm damals erstmalig Gin mit dazu. Der Wacholder des Gins verändert den Geschmack des *Spritz* natürlich, doch gibt ihm der Hochprozentige auch eine gehörige Portion Leben, wie wir es nennen, und genau dies wird uns heute ganz bestimmt gut tun und auch ein wenig die Anfangsscheu nehmen. Was meint ihr?"

„Auf jeden Fall", beeilt Carina sich zu sagen, denn es ist ihr wohl doch ein wenig peinlich gewesen. Andererseits sollte sie uns ja anmachen und scharf machen, um die Wirkung des Medikaments zu entfalten. Ich auf jeden Fall spüre, wie ich scharf werde! Denn auch Nina drückt uns ständig ihre Brüste durch das enge Blüschen entgegen und hat einen Fuß auf den Stuhl gestellt. Das kurze Schulmädchenröckchen bedeckt kaum noch etwas. So gerade eben noch Schritt und Po. Und sie ist jetzt schon ohne Höschen, wie ich ja schon vorgeführt bekommen habe. Und feucht! Himmel! Diese Luder! Deutlich spüre ich, wie es in meinem Schwanz zu pochen beginnt. „Peter! Den *Tanqueray* Gin!", rufe ich, um mich erneut abzulenken. Als Peter mich verdutzt anschaut, ergänze ich: „Die runde grüne Flasche da hinten, die ich gestern gekauft habe für die Party heute, während ihr nach dem *Talisker* Ausschau gehalten hattet. Mein absoluter Lieblingsgin. Er schmeckt nicht nur gut, vor allem sind es seine 47,3 Umdrehungen, die ihn so besonders machen."

„*Talisker*!", keucht Nina auf, schweigt dann aber sofort wieder. Schwenkt aber ganz leicht das Knie nach außen, sieht mir in die Augen, beißt sich auf die Lippe.

„So", erkläre ich und beherrsche mich nur mühsam. „Ich werde nun die Mischung für zwölf Drinks vorbereiten, und nachher, wenn unsere Gäste alle eingetroffen sind, lediglich nur noch die Eiswürfel hinzu fügen, und dann shaken. Dann genau abgemessen auf die vorgekühlten Gläser verteilen und die Basis mit kaltem Cava – Prosecco wäre natürlich das Original, haben wir aber heute nicht – hälftig auffüllen, und dann noch einen Schuss Sodawasser hinzugeben. Danach dann Rolandos Spezialeffekt, der dem Drink, den letzten perfekten Pfiff gibt. Denn Walter Horn war auch nur ein Kollege, euer Rolando hats ebenfalls sehr gut drauf. Ihr werdet sehen. So und nun die Mischung.
2 cl des 47,3 prozentigen *Tanqueray* Gins
4 cl 11 prozentiger *Aperol*
Das ganze mal zwölf!"

In Ermangelung eines Profi-Jiggers, einen Edelstahlmessbecher, nehme ich die geeichten Nosinggläser und messe genau ab. Der Shaker füllt sich rasch und ich beschließe, zwei Mischungen vorzubereiten. Zum Schluss weise ich Nina an, genau zwölf Orangenschalenstreifen zu schälen, die ich ganz zum Schluss, wenn alle Drinks fertig vorbereitet sind, benötige.

In dem Moment klopft es am Fenster und zwei weitere Gäste betreten durch die Verandertür das Haus.

„Alexa!", ruft Nina und eilt auf ihre besten Freundin zu.

„Und Carols primero!", ergänzt Peter und geht den Neuankömmlingen ebenfalls entgegen. Ich nutze die Gelegenheit und ziehe blitzschnell Carina zu mir heran.

„Ich will dich heute Nacht, du scharfe Braut, ich bin jetzt schon scharf auf dich. Du siehst wirklich heiß aus. Hast es sehr gut geschafft, dass die Pille schon wirkt. Los, mach schnell die Beine auseinander, ich will dich kurz mal anfassen!"

„Ich bin schon den ganzen Tag rattig, Roland, besonders auch auf dich! Versprich mir, dass du mich heute fickst! Bitte!"

Lüstern drängt sie mir ihr Becken entgegen und ich schaffe es gerade, ihr mit der Hand zwischen die Schenkel an die Möse zu fassen und festzustellen, dass sie wirklich sehr feucht ist, als wir auch schon wieder voneinander lassen müssen.

„Darf ich euch unseren Gast Rolando vorstellen?", fragt Nina mit lauter Stimme und räuspert sich vernehmlich.

Neuntes Kapitel
Ankunft der Gäste

Rasch streiche ich Carina noch mit zwei Fingern durch die Spalte, um zumindest mich einmal davon überzeugt zu haben, wie es um sie bestellt ist.

„Ja, das will ich auch! Unbedingt!", raune ich ihr ins Ohr, dann drehe ich mich zu den Neuankömmlingen um. Als erstes nehme ich Nina wahr, die lächelnd den Zeigefinger erhoben hat und ihn leicht hin und her schwenkt und mich angrinst, dann einen recht kräftigen Mann, der ohne Zweifel Carlos primero sein muss, der, ich überlege kurz, mit dem dicksten Schwanz von allen? Interessiert mustere ich ihn. Freundlicher Typ, ist mein erster Eindruck, und, oh ja, recht robust von Statur. Aus meiner Betrachtung jedoch reißt mich seine Frau, Alexa, in dem sie ihren Gatten bittet:

„Schatz, nimmst du mir bitte mein Cape ab?"

„Na, ihr kommt wohl jetzt einen Moment ohne mich aus", sagt Nina. „Ich will mir nur grad mal eben meine Turnschuhe anziehen gehen."

„Nimm doch die Wander- und Bergsteigerstiefel, Schatz", ruft ihr Peter lachend hinterher, was Nina veranlasst, sich einmal kurz umzudrehen und ihm die Zunge herauszustrecken. Alexa öffnet derweil mit sinnlichen Bewegungen die Knöpfe ihres leichten Sommermantels und Carlos zieht ihn ihr von den Schultern.

„Darf ich vorstellen?", sagt Peter, „Ninas beste Freundin Alexa und ihr langjähriger Göttergatte Carlos, bei uns auch bekannt als Carlos primero. Und das hier ist unser neuer Freund Rolando."

Carlos sieht mich irgendwie finster an, habe ich den Eindruck. Was mag er wohl über mich gehört haben? Alexa hingegen schaut mir mit echtem Interesse und einer offenen, lüsternen Neugier in die Augen.

„Wir haben schon von dir gehört, Rolando, hallo!", sagt sie freundlich und mustert mich von oben bis unten. „Stören wir grad? Hallo Carina!"

„Hallo Alexa, hallo Carlos.", antwortet Carina sehr herzlich und lächelt Carlos an. „Schön, euch beide wieder zu sehen. Aber nein, ihr stört nicht, ich habe Roland bereits schon gestern kennenlernen … dürfen."

„Ja", sagt Alexa nonchalant. „Ich hörte davon, heute von Nina, das freut mich sehr für dich."

Derweil hat Carlos ihr den Mantel abgenommen, und vor mir steht eine Frau, die mich fast umhaut! Sie trägt ein knallrotes Lackminikleid, das vorne weit offen steht und nur mit dünnen Bändern geschnürt ist. Allerdings dermaßen locker, dass ihre Brüste nur spärlich bedeckt sind, und auf der Stelle in mir das Verlangen auslöst, dort hinein zu fassen. Sofort erkenne ich, dass sie eine entzückende Oberweite besitzt, ähnlich der von Nina. Eine vollendete C-Cup-Größe, tippe ich. Sie hat brünette, schulterlange Haare, die sie offen trägt. Geschminkt ist sie recht auffällig, besonders fällt mir ihr roter Lippenstift natürlich auf, der perfekt abgestimmt ist mit der Farbe ihrer Fingernägel und der des Lackkleides. Das Kleid ist wirklich sehr kurz und zeigt ganz wundervolle Beine. Atemberaubend sind allerdings auch ihre Schuhe, Stiefeletten, mit hohen, sehr dünnen Absätzen, richtige Killer-High-Heels. Mit anderen Worten: Sie sieht umwerfend aus, und die Art, wie sie mich mit ihren funkelnden grün-blauen Augen ansieht, beschert mir eine kribbelnde Kopfhaut. Und als sie sich umdreht sehe ich, dass auch ihr Kleid komplett rückenfrei und ähnlich tief geschnitten ist, wie das von Carina. Nur dass Alexa irgendwie noch frivoler, noch sündiger wirkt, was zweifelsfrei auch an dem Material liegt. Eng umspannt es einen prallen Po. Mein lieber Scholli, denke ich, die Frau ist eine Granate und sehr hübsch noch dazu. Nina hat bei weitem nicht übertrieben, ihr steht die Lust nicht nur ins Gesicht und in die seegrünen Augen geschrieben, sondern ihr ganzer Körper strahlt es aus. Dennoch faszinieren mich auch ihre Augen. Rasch wandert mein Blick wieder in sie hinein. Mir ist, als sehe ich in einen sonnendurchfluteten Gebirgssee im ersten Frühlingserwachen. Mehr grün als blau nehme ich wahr.

Der attraktiven Frau gefällt meine stille Bewunderung und sie lächelt mir aufmunternd zu. Eine höchst faszinierende Erstbegegnung, die mich nicht nur in weitere Erregung versetzt, sondern mich neugierig auf die Dame macht. Carlos muss meine Musterung genauestens verfolgt haben, denn sein Blick hat sich noch mehr verfinstert, fasst ein wenig grimmig wirkt er auf mich.

Das muss wohl auch Peter erkannt haben, denn er schlägt seinem Freund Carlos jovial auf die Schulter und meint:

„Hey, was ist los? Hat Schalke heut verloren, oder warum guckst du so böse?" Dass Carlos nun schallend laut auflacht zeigt mir, dass er doch auch ein prima Kerl sein muss und durchaus über Humor verfügt.

„Nee", antwortet er. „Ist doch Sommerpause! Aber du hast recht. Ich entspanne mich ja schon, hast du ein kaltes Bier für mich?" Und dann doch: „Hallo Roland, schön, dich kennenzulernen."

Wir geben uns etwas sehr förmlich die Hand, aber immerhin, das Eis ist gebrochen. Peter reicht den beiden Neuankömmlingen etwas zu trinken an, dann sagt er:

„Schau Carlos, Carina freut sich schon sehr, dich wieder zu sehen."

Und tatsächlich, Carina begrüßt ihn mit erotischer Stimme:

„Hallo Carlos, mein Lieblingslover, schön, dass du da bist."

Ich bin nicht sehr überrascht, das, was Carina mir gestern im *Romero* gestanden hat, scheint zuzutreffen. Obwohl ich spüre, dass Carlos es im Moment ein wenig unangenehm ist, so offenherzig begrüßt zu werden. Rasch werfe ich Alexa einen Blick zu, doch die grinst mich an und zuckt nur mit den Achseln. Alles klar, denke ich, sie weiß Bescheid. Jeder von uns hat natürlich eine Vergangenheit und auch eine Vorgeschichte, und warum … In dem Moment vernehmen wir ein lautes und gleichmäßiges Klack – Klack – Klack – Klack – Klack – Klack – Klack auf dem Flur, das langsam näher kommt und mich aus meinen Gedanken reißt. Natürlich ist es Nina.

Nina in schwarzen Lackoverkneestiefeln! Wie sie die so schnell anbekommen hat, weiß ich nicht, vermutlich ist irgendwo ein langer Reißverschluss verborgen, so mein erster Gedanke. Ist mir aber im nächsten Augenblick auch schon wieder egal, denn diese atemberaubenden Fick-mich-Stiefel geben ihr einen komplett anderen Look. Jetzt ist sie nicht mehr das brave, naive Schulmädchen, jetzt ist sie das total verruchte Schulmädchen! Dazu hat sie sich bewusst übertrieben die Lippen knallrot nachgeschminkt. Hüftschwingend kommt sie herein und wandelt gekonnt eine Runde durch das große Zimmer. Ich halte den Atem an und sage leise nur ein Wort zu Peter:

„Foto …!"

„Ja", grinst der und hat auch schon sein iPhone zur Hand und filmt den Auftritt seiner Frau. Ninas Gang unterscheidet sich von dem Modellgang Carinas insofern, dass sie nicht nur beim Gehen die Hüften leicht schwingt, sondern auch bei jedem Schritt ihr Becken leicht vor und zurück bewegt. Wahnsinn, denke ich, der absolute Wahnsinn!

Schließlich bleibt sie mit ein wenig Abstand vor uns stehen, die Beine in den hohen Stiefeln auseinander gestellt, wirft die Zöpfe nach hinten und stemmt die Fäuste in die Hüften. Einen nach dem anderen schaut sie uns an. Dann lässt die die Hände auf die nackten Oberschenkel gleiten und streichelt sich langsam hoch. Über das Röckchen, dem nackten Bauch, hoch zu dem Blüschen an die Brüste, die sie in beide Hände nimmt und sich dann auch keckerweise noch kurz die Nippel zwirbelt. Ihr Blick und ihr Lächeln sind umwerfend. Die Lippen geöffnet, und als sie dann auch noch sich ganz langsam mit der Zunge über die sündig rotbemalte

Oberlippe leckt, bekomme ich fast eine Hosensprengung. Solch einen heißen, verführerischen und überaus frivolen Auftritt hatte ich ihr nun nicht zugetraut.

Doch das ist noch nicht alles, auch sie dreht sich um, aber anders als eben noch Alexa. Sie beugt sie sich weit nach vorne, stützt sich mit den Händen auf den Oberschenkeln ab und reckt ihren Po in die Höhe, lässt ihn sogar ganz leicht nach links und rechts schwingen. Wir alle können klar erkennen, dass sie keinen Slip trägt.

Anschließend richtet sie sich wieder auf, zieht die Schultern zurück, sodass ihre Bluse sich spannt und sieht Carina an. Mit einer lässigen Geste titscht sie sich einmal mit dem Zeigefinger gegen die Nase, als will sie sagen, na du, da guckst du aber, was? Und Carina antwortet ebenso nonverbal mit einer obszönen Geste ihres Beckens und reckt anerkennend den Daumen hoch.

Alexa und Carlos klatschen tatsächlich Beifall und ich nicke nicht minder anerkennend wie eben Carina, die gegen den großen Esstisch gelehnt den scharfen Auftritt ihrer Freundin miterlebt hat. Deutlich zeigt sie ihr Interesse und auch ihre kaum noch zu zügelnde Lust, denn auch sie hat die Lippen geöffnet, ihr Blick ist verführerisch und mit offenem Begehren mustert sie Carlos dicke Beule – und die ist wirklich dick, wie auch ich feststelle und neidlos anerkenne – und signalisiert, dass sie ihn will. Jetzt!

Carlos, angezogen von Carinas verlockendem Blick und in Erinnerung an vergangene Erlebnisse mit ihr, fühlt sich ebenso wie Peter augenblicklich zu ihr hingezogen und sie gesellen sich zu Carina, während Nina ihre beste Freundin Alexa unterhakt und sie zu mir zieht. Willig folgt Alexa ihr. Mir wird heiß, denn die beiden Frauen beißen sich auf die Unterlippen und kommen mir vor wie die Raubkatzen, die sich nun mit funkelnden Augen über ihre Beute hermachen wollen. Ja, sie sind sich irgendwie ähnlich, die beiden, und wenn Alexa auch nur ansatzweise ein solch heißer und lustvoller Feger ist, wie Nina, ja dann … Ich atme tief durch und sehe ihnen entgegen, vor allem sind es die Brüste, die mich erregen. Nina in ihrem Schulmädchen-outfit und den kniehohen, schwarzen Lackstiefeln, dass das schwarzrot karierte Röckchen jetzt noch kürzer wirkt als vorhin, als Nina noch barfüßig war. Und auch die Bluse scheint jetzt noch ein wenig lockerer gebun-den zu sein, mir ist als wollten die Brüste im nächsten Moment den Stoff verlassen. Dazu Alexa in ihrem ver-boten scharfen roten Latexkleid, das ebenfalls so locker gebunden ist, dass es gerade eben nur ihre Brüste halb-wegs bedeckt. Und dazu die Augen, die Blicke, mit de-nen sie mich anfunkeln. Ich bin zwar noch nicht wirk-lich in heißer, frivoler Partylaune, eher etwas ange-spannt fühle ich mich, denn plötzlich, urplötzlich ist sie da, unsere so heiß geplante Party. Eine Mischung aus Aufregung und Neugierde hat von mir Besitz ergriffen, ein Zustand, der eher Lähmung als Aktivismus in mir hervorruft. Wohl auch im Zusammenhang mit dem Herzpochen, das die 100 mg *Sildenafil* in mir auslösen. Diese beiden sexy Luder nur zu sehen und ihre Aufma-chungen zu genießen, hätte mir fürs Erste schon ausge-reicht, nun aber kommen sie auf mich zu, Verlangen glänzt in ihren Augen.

Nina ist mir so dermaßen vertraut inzwischen, so nah, so liebevoll mit mir verbunden, dass ich froh bin, dass sie zu mir kommt. Mir anscheinend ihre beste Freundin vorstellen will. Im Augenwinkel nehme ich wahr, wie Carlos und Peter sich Carina sehr eindeutig genähert haben, bereits beider Männer Hände sie erkunden. Sie brauchen nur die beiden Träger von ihren Brüsten zu streifen und Carina steht entblößt vor ihnen. Braucht die angestaute Vorfreude Entladung?

Dicht kommen die beiden Girls auf mich zu, lächeln, kokettieren. Nina streichelt mir über den Rücken und fragt ihre beste Freundin:

„Und? Gefällt er dir, mein Rolando?"

Doch es bleibt nicht beim Rückenstreicheln, schon kurz darauf streichelt sie mir vorne über die dünne Hose übers Gemächt und verharrt dort auch. Ich indes habe Nina ebenfalls meine Hand auf den Rücken gelegt, streichle sie, gleite unterhalb des Bündchens über ihre Haut, drücke sie an mich. Die Fingerkuppen meiner anderen Hand berühren vorne zart den Bereich zwischen dem Blüschenknoten und dem Rockansatz, den nackten Bauch. Als ich bemerke, wie gern sie es sich gefallen lässt, gleitet meine Hand hinten über den karierten Stoff, hinunter an die Oberschenkel und dann unter den Rock. Genüsslich drücke ich ihre Pobacken, während ich mit der anderen Hand nun auch Alexa am Rücken etwas näher an mich heran drücke.

„Und wie ich sehe, hast du nicht zu viel versprochen, Nina", sagt Alexa leise und blickt auf Ninas Hand, die sich bereits schon an meinen Schwanz herangetastet hat und ihn durch die Hose prüfend drückt. Es freut und erregt mich gleichermaßen, dass ich heute Abend der erste bin, der Nina unter den Rock fasst und sie genießt es ebenfalls, denn sie drückt direkt auch schon zu und erkundet meine Härte.

„Was für ein süßes und unartiges Schulmädchen", verlocke ich sie, „hast dein Höschen daheim vergessen. So weich und glatt die Haut, so herrlich prall der Hintern …"

„Fass doch auch mal an!", fordert sie ihre Freundin auf.

„Darf ich denn?", fragt Alexa mich kokett und beißt sich auf die Unterlippe. Zur Antwort fasse ich auch ihr von hinten unter das kurze Latexkleid und befühle ihren nackten, sehr stammen Po.

„Wie ich dir, so du mir!", antworte ich grinsend. Alexa lacht kurz auf ob meiner Worte und nimmt mein Angebot an. Gemeinsam streicheln und drücken die beiden Frauen mein Gemächt, bis schließlich Nina mir einfach den Reißverschluss aufzieht und Alexa anweist:

„Hol ihn raus, seinen Harten! Willst du?"

Nicht nur ich bin über ihre Attacke ein wenig überrascht, Alexa ebenso, denn sie zieht hörbar den Atem ein ob der schamlosen Aufforderung, sieht mir direkt in die Augen, knabbert noch immer auf der Unterlippe, während ihre Hand in meinen Hosenschlitz gleitet, meinen Schwanz mit neugierigen Fingerspitzen ertastet, ihn dann umschließt. Ein leises Schnaufen stößt sie lustvoll aus und ich erahne ihre Begierde, wie auch die von Nina, denn neugierig sieht sie dabei zu, wie Alexa mir geschickt den Schwanz aus der Hose zieht.

„Oh Gott, ist der schon dick und hart! Ninaschatz, da hast du dir ein feines Prachtexemplar an Land gezogen."

„Nicht nur sein Schwanz ist so geil, der ganze Rolando gefällt mir ausgesprochen gut." Und zu mir gewandt: „Und du? Wolltest du nicht schon immer mal gerne zwei Frauen gleichzeitig untersuchen und fingern? Während sie dir den Schwanz wichsen, hm? Mach doch! Nur zu, ich bin bereit. Prüfen Sie meine Nässe und auch die meiner besten Freundin, Herr Doktor."

„Und ich bin auch bereit!", ergänzt Alexa und drängt sich an mich. „Du kannst mich auch anfassen, Roland, überall! Ich will das auch."

Aus den Augenwinkeln sehe ich, dass Peter und Carlos bei Carina ähnlich weit fortgeschritten sind. Carlos knetet ihr die Brüste und schaut zu uns herüber, während Peter seitlich von ihr steht und seine Finger zwischen den Beinen aktiv ist.

Zwei wundervolle, schamlose Dreierkonstellationen, denke ich kurz, bevor ich Ninas Worte richtig realisiere. Was für ein Angebot! Was für ein zügelloser Auftakt. Nur zu gerne nehme ich es an, denn es ist tatsächlich ein Traum von mir, zwei Frauen … auf einmal … und streiche erregt und lüstern über die glatten, sonnengebräunten Schenkel der Mädels zwischen ihre Beine. „Hm …", mache ich, „Nur zu gerne nehme ich es an, denn es ist tatsächlich ein Traum von mir, zwei scharfe Frauen, zwei solch wundervolle Nacktschnecken, was für ein Geschenk."

Beide drängen sie sich meinen Händen entgegen und gleichzeitig tauche ich mit je einem Finger zwischen ihren Schamlippen in sie ein.

„Ja …", keucht Nina, „so ist es gut, genau so brauche ich es, genau so will ich es! Von dir, Rolando! Steck mir deinen Finger rein."

„Ich finde es auch scharf, Nina, dass du mich als erste teilhaben lässt", stöhnt Alexa und wichst mir härter den harten Schaft. Fragt mich dann mit leiser Stimme: „Willst du mich anfassen, ja? Sags mir bitte, ich will es hören."

„Ich will es, gefällt dir denn mein Finger in deiner gierigen Möse, du selten-scharfes Luder?"

Ich bin nicht nur erregt, sondern auch ein wenig überrascht. Die Mädels gehen ran, als gäbs kein Morgen. Ich lasse es mir gern gefallen, wie schamlos sie mich erkunden, sich gar um meinen Schwanz balgen mit den Händen, sich noch enger an mich herandrücken mit den entzückenden Venushügeln. Dazu der heiße Atem in meinen Ohren, das leise Keuchen, unverhohlene, offene Lust. Wann aber habe ich je zuvor meine Finger gleichzeitig in zwei solch wundervolle Orte hineingetunkt? Das Gefühl ist unbeschreiblich, doch währt es nur kurz, Nina zieht den Oberkörper zurück, strahlt mich an und bestätigt Alexa.

„Ja, genau so liebe ich ihn, meinen Rolando, seine Finger sind von Magie erfüllt, sie erreichen mich jedes Mal aufs Neue, tief in meinem Innersten. Und ich sehe es dir an, du Luder, dir geht es da ganz ähnlich, habe ich Recht?"

„Du bist ganz schön schlau, für ein Schulmädchen", kichert Alexa, „Das hast du sehr gut herausgefunden. Ich glaube, ich besuche euch nun wieder öfters. Zusammen mit Carlos. Oh, ist das geil!"

„Dann wären wir zu fünft", mische auch mich nun ein, „eine Fünfer-Konstellation, drei Männer, zwei Frauen, das wäre es doch. Bin ich auch sofort dabei."

„Du bist doch ab sofort überall mit dabei, Roland, denn du wohnst doch hier mit uns zusammen in diesem Haus, schon wieder vergessen, hm?", erinnert mich Nina neckisch, und es stimmt, ja, der Gedanke ist wirklich noch sehr neu für mich. Sie knetet mir die Hoden und ein Finger gleitet an meinem Perineum entlang, Richtung Anus. Beide Frauen sind unglaublich erregt und beiden reibe ich nun die Perlen. Von Null auf Hundert bin ich schlagartig angetörnt und auf der nach oben offenen Sexskala bestimmt schon sehr weit oben. Obs an dem Medikament liegt, weiß ich nicht zu beurteilen, die Lust der Damen erreicht mich, beide sehen einfach hinreißend aus. Und natürlich auch die Situation als solche, ich mit zwei heißen, über die Maße attraktiven Mädels, die beide nicht damit sparen, mir zuzuflüstern, wie scharf sie auf mich sind. Tatsächlich ist es das erste Mal für mich, dass mir ein solch erregendes Begrüßungsszenario zuteil wird.

„Ich will euch!", keuche ich. „Alle beide. Nachher oder sonst wann in der Nacht. Bitte vergesst mich nicht!"

„Wie könnte ich dich je vergessen, mein Lieber", gibt mir Nina zur Antwort und gibt mir mit weichen Lippen einen Kuss auf den Mund. „Und es war von Anfang an mein Plan, Alexa mit einzubeziehen, wenn sie denn will."

„Und ob ich will!", antwortet sie auch prompt. „Gefalle ich dir denn, Roland, hm?"

„Du bist unglaublich …!" knurre ich mit belegter Stimme und muss mich räuspern. „Machst mich völlig an." Und ich führe Alexa noch einen zweiten Finger tief mit hinein. „So feucht, so warm so … Unglaublich geil fühlst du dich an!"

„Ich glaub, ich spritz gleich, Roland, wenn du so weiter machst!", flüstert Nina.

„Ich habe noch nie gespritzt", verrät Alexa zu meiner Überraschung. „Ich will das auch mal. Ehrlich!"

„Wenn das einer schafft, dann Roland!", meint Nina und drängt sich mir noch enger entgegen, beide Frauen reiben ihre Brüste an mir, während ein paar Meter weiter, Carina das erste Mal laut und anhaltend aufschreit. Ich lasse mich nicht ablenken sondern nehme es nur zu gerne an, dass Nina meinen Kopf zu sich hinzieht und mir einen heißen Zungenkuss schenkt.

„Ich will auch!", bettelt Alexa, und im nächsten Moment küsse ich auch sie. Wild und gierig treffen unsere Zungen aufeinander, während unten ihre Hände sich mit der Bearbeitung abwechseln und die Mädels sich weiter an mir erhitzen. Schließlich ist es Nina, die Alexas Kopf zu sich hin zieht und sich die Luder vor meiner Nase küssen. Sich gegenseitig und aneinander erregen. Nina unternimmt nicht nur alles, um mich in Stimmung und das *Sildenafil* zur Wirkung kommen zu lassen, sondern ich sehe, wie sehr ihr die kleine Bi-Einlage gefällt. Bis Alexa schließlich stöhnt: „Ich will Roland auch, Nina, unbedingt will ich ihn. Überlässt du mir ihn später mal?"

„Natürlich, Liebes, ich will das sogar, ja weise es dir hiermit an, dass du ihm zeigst, was für ein scharfes Luder du bist. Ich will das sehen, will dabei sein, zugucken, mitmachen, einfach alles. Nicht ohne Grund stelle ich Roland dich als erste vor, ich weiß schon jetzt, wie fein ihr euch verstehen werdet. Peter will dich natürlich auch, das weiß ich wohl, und wird dich bestimmt noch rannehmen. Warte aber, wenn meine beiden Lieblingsmänner dich erst im Duett in die Finger kriegen. Dann …"

„Verdammt … Nina!", stöhnt Alexa laut auf und unterbricht sie. „Ich werde jetzt schon verrückt! Nichts wünsche ich mir sehnlicher, als von zwei fremden Männern gleichzeitig rangenommen, vielleicht auch richtiggehend benutzt zu werden. Also, ich meine, andere Männer als mein Schatz Carlos."

Und da ist es wieder, das Wort ‚benutzen'. Mein Schlüsselwort.

„Biete ihm nur deine Titten an, Schätzchen", keucht Nina und entzieht sich meines Fingers, „damit er sie schon mal kurz abgreifen kann. Roland steht auf Titten. Und er benutzt sie gerne … um sich aufzugeilen."

Alexa überkommt eine Gänsehaut ob der verdorbenen Anweisung, kommt ihr aber nach und zieht die Schultern nach hinten. Prall stehen die Hügel hervor und hätten spätestens jetzt die Schnürung gesprengt, würde die nicht schon so sündig locker und aufreizend sitzen.

„Ich weiß, so stand es ja in der Umgestaltung der Kleiderordnung, heute Morgen. Tittenorientiert."

„Ja!", kichert Nina. „Ganz genau. Und jederzeit freien Zugriff. Auf alle Mädels und ihre Titten. Deshalb haben wir beiden Süßen unsere Oberkleidung auch nur sehr nachlässig gebunden, stimmt's, Alexa?"

„Ja, das haben wir", stöhnt sie abermals auf, denn ich habe Gebrauch davon gemacht, mir den freien Zugriff zu gewähren. Sie hat wirklich extrem gut entwickelte Brüste. Genau wie Nina auch.

„Oder Roland?", fragt Nina nach. „Ist dir das auch schon aufgefallen? Carina nämlich auch. Und die anderen Girls, die noch dazu kommen, ganz bestimmt ebenfalls. Alle fanden es erregend, ihre Titten hervorheben zu müssen. Denn sie haben ja auch alle sehr geile Möpse, das muss ich wohl zugeben. Du wirst deine helle Freude haben, mein Lustbaron. Greif sie dir nur alle ab. Fass überall hinein, die Ladies warten nur darauf."

Ich glaube, mir wird schwindelig, so dermaßen geht es hier bereits zur Sache, ich bin schlicht überwältigt und mir fehlen die Worte für eine passende Antwort und drücke weiterhin Alexas Brüste, sie sind wirklich ein echter Traum!

„Lustbaron?", wiederholt Alexa. „Wie treffend. Er gefällt mir jetzt schon und macht mich total rattig. Ich könnt direkt so weitermachen und auch schon einmal kurz seinen Schwanz in den Mund nehmen. Darf ich?"

„Zur Begrüßung?", fragt Nina lüstern nach. „Oh ja. Mach doch! Das macht mich an, das jetzt zu sehen."

Ich blicke an mir herunter und sehe, dass mein Schwanz tatsächlich hart und weit aus der Hose ragt.

146

Fest umschlossen von Alexas Hand und ihren roten Fingernägeln. Rasch ziehe ich die Hand von ihrer Brust, nicht ohne noch kurz mit dem Fingernagel über die hervorstehende Knospe zu kratzen, und Alexa geht vor mir in die Hocke. So gleite ich in Ninas Blüschen und es ist so einfach wie selten zuvor, dort hinein und an ihre Reize zu gelangen. Mache direkt bei ihr weiter. Fest umschließe ich eine Brust und gebe Nina einen gierigen Zungenkuss. Doch dann blickt sie nach unten, will sehen, was Alexa da treibt und ich spüre ihre Lippen und auch ihre Zunge an meiner prallen Eichel.

In dem Moment fährt hupend ein Auto vor. Ein Taxi. Nina gibt mir noch einen innigen Kuss und meint, dass sie sich jetzt um die neuen Gäste kümmern und uns leider alleine lassen müsse. Sie richtet sich die Bluse, verknotet sie neu und entfernt sich absatzklackernd von uns. Auch bei dem anderen Trio ist das lustvolle erste Kennenlernen unterbrochen worden, denn auch Peter geht Richtung Terrassentüre. Was Carlos aber nicht davon abhält, sich weiterhin an Carina zu verlustieren. Alexa sieht es mit Vergnügen, wie ich feststelle. Auch Carlos Schwanz liegt blank in Carinas Hand, was ich aber nicht so genau sehen kann, da sein Rücken das Geschehnis halb verdeckt. Ich freue mich, dass Alexa bei mir bleibt und so drücke ich ihr fester meinen Schwanz entgegen, noch einmal nimmt sie ihn in den Mund und zeigt ihr Geschick und ich lobe sie dafür, was sie für eine ausgezeichnete Schwanzlutscherin ist. Etwas fassungslos schüttel ich leicht den Kopf, ob der Absurdität. Kann es rational noch immer nicht richtig glauben, dass es so dermaßen schnell intensiv zur Sache geht. Sie sieht mich kess von unten an, zeigt mir, wie viel Spaß es auch ihr bereitet, und doch ziehe ich die mir bis vor kurzem noch unbekannte Dame auch wieder hoch. Das soll genügen fürs Erste. Da sie aber bei mir bleibt und nicht hinübergeht zu ihrem Mann, drücke ich mich wieder eng an sie heran und fahre ihr direkt noch einmal von vorne unters rote Kleid, tauche meinen Finger wieder ein, ganz sanft, in ihre nasse Ritze. Es ist erregend, Alexa nun zu fühlen und zu erkunden, ihr ganz nah zu sein, jetzt, da wir allein sind. Ihren Duft einzuatmen und ihr Verlangen zu spüren. Ihr einfach unters Latexkleidchen zu fassen, mich an ihren warmen weichen Scheidenwänden entlangzutasten und sie zu erkunden. Und ich unternehme das, was ich tun muss: Ich gleite wieder mit der anderen Hand in ihren Ausschnitt, befühle noch einmal ihre fantastischen Brüste, und sie … sie lässt nicht ab von meinem Schwengel. Genießt es sehr, ihn jetzt für sich allein zu haben und gibt mir eine erste Bestätigung, wie sehr er ihr gefällt und wie gut sie mit ihm umzugehen weiß. Eine mir bis vor zehn Minuten noch absolut fremde Frau reibt mir den Schwanz und hat ihn auch schon im Mund gehabt, während ich mit einer Hand an ihrer Möse bin und dazu auch an ihren Brüsten. Habe ich es mir nicht genau so vorgestellt? Willige Frauen und wollende Männer? Denn auch Carlos Stimme ist zu hören.

„Carina, was bist du nur für ein selten-geiles Luder!", ruft er.

Im nächsten Moment küsse ich Alexa, und als hätte sie nur darauf gewartet schlängelt ihre Zunge auch sogleich hinein in meinen Mund. Heiß ist unser erster Tanz, neckend und auch neugierig, die Bekanntschaft des anderen zu machen. Bald aber keuche ich erregt:

„Wie herrlich geil du nach Schwanz schmeckst, Süße. Das macht mich irre an!"

Die Party beginnt sehr nach meinem Geschmack, denke ich, schlucke einmal vernehmlich und muss lächeln. Lächle Alexa an, sehe ihr in die Augen, sehe nicht nur ihre Lust, sondern auch die Sympathie, die mir entgegen schwingt.

„Du hast wundervolle Brüste", hauche ich ihr ins Ohr und küsse sie. Füge dann hinzu: „Ich bin schon jetzt völlig begeistert von dir." Küsse sie erneut. „Kanns kaum glauben. Nina hatte so Recht damit, was sie im Vorfeld über dich gesagt hat. Du bist eine echte Traumfrau! Ich will dich Alexa, heute Nacht, unbedingt!"

Statt einer Antwort schlingt sie die Arme um meine Hals und beginnt mich nun wild zu küssen und reibt sich das Becken an mir, an meinem Harten. Ob sie ihrem Carlos etwas beweisen oder demonstrieren will, weiß ich nicht, interessiert mich auch nicht, doch dann werde ich abgelenkt, denn Peter ruft mit lauter Stimme:

„Darf ich um eure Aufmerksamkeit bitten?", und räuspert sich vernehmlich. Natürlich darf er das, und wir lassen seufzend voneinander ab. Alexa richtet sich das Kleid, ich packe meinen Schwanz zurück in die Hose und ziehe den Reißverschluss hoch. Auch Carina und Carlos kommen näher, beide zupfen sie die Kleidung in Ordnung. Carlos Hose beult sich vorne mächtig aus. Er kommt zu uns und nimmt seine Frau in die

Arme. Carina winkt mich zu sich und gemeinsam warten wir der Dinge, die nun geschehen mögen. Sie aber flüstert mir noch zu:

„Du rattenscharfer, geiler Kerl, du! Ich habe gesehen, wie du dir eben Alexa geschnappt hast. Das hat mich noch schärfer auf dich gemacht."

„Du erregst mich auch, Carina, ich kann dir sagen", entgegne ich und streiche auch ihr einmal unters Trägerchen und prüfe ihre Brüste, was sie mir sofort mit einem „Huhhh …" quittiert.

Als erstes betritt eine schlanke, mittelgroße Frau mit schwarzen kurzgelockten Haaren den Raum, gefolgt von einem recht coolen Typen in Lederhose, T-Shirt und schwarzem Jackett. Dicht hinterher folgt ihm ein Mann mit leicht ergrauten Haaren, der Stiefel und einen weiten, schwarzen, knielangen Rock trägt. Vorne über dem Schritt eine breite Lasche mit Druckknöpfen, dazu ein weißes Hemd; den Abschluss bildet eine Frau, mit langen dunkelbraunen Haaren in Jeans und T-Shirt.

Die Schwarzgelockte erregt meine Aufmerksamkeit. Das muss Costanza sein, denke ich. Sie trägt einen todschicken türkisschwarzen Minirock und einen hauchdünnen, enganliegenden schwarzen Rollkragenpulli! Nur zu deutlich zeichnen sich ihre Brüste und auch harte Nippel ab. Was für ein erregender Anblick!

Zu meiner Überraschung ist Costanza entgegen meiner Vermutung eine grazile Frau, schlank und eher zierlich. So auch ihre Oberweite, wie ich es auf den ersten Blick erkenne. Entzückend kleine Brüste drücken sich gegen den schwarzen Soff und verleihen der Dame auch einen androgynen Touch. Also genau das Gegenteil von Carina. Um so bemerkswerter aber ist ihr Kussmund. Volle, weiche Lippen, überaus weiblich und verlockend. Und zum Kontrast der schwarzen Wuschelfrisur blicken mich tiefblaue Augen an.

„Darf ich vorstellen?", verkündet Peter, „Costanza, Bernardo, Daniela und Iwanowitsch."

Zehntes Kapitel
Verhaltensangst

Auch Carina hat Daniela entdeckt und erinnert sich natürlich sofort daran, was sie ihr Feines zum Anziehen mitgebracht hat. Sie gibt mir lächelnd einen Kuss auf den Mund, dann eilt sie nach hinten.

Kurz darauf kommt sie zurück. Hüftschwingend tänzelt sie, mit einer schicken Tüte ihrer Boutique in der Hand, direkt auf Daniela zu, begrüßt sie innigst und überreicht ihr das erotische Kleidungsstück, dass sie für Daniela ausgesucht und mitgebracht hat. Ich komme ebenfalls näher, um die Gäste zu begrüßen.

Bernardo ist mir auf den ersten Blick sympathisch, er ist so ziemlich gleich groß wie ich, und seine Aufmachung ist im Grunde genau mein Stil. Ich muss Nina Recht geben, wir sind uns ähnlich. Zumindest optisch und in Modefragen. Daniela begrüße ich mit zwei Küssen links und rechts auf die Wangen und Iwanowitsch, der mit dem Rock, hat nur Augen für Nina, dennoch begrüßt er mich natürlich höflich. Doch seine Hand streichelt Nina während der Begrüßung bereits über den Po und kurz darauf fährt er auch die Konturen der Bluse ab mit einem Finger. Das kecke und verruchte Schulmädchen beißt sich mit Unschuldsblick auf die Unterlippe, lässt es geschehen und reckt ihm ihre Brüste verlockend entgegen. Nur zu deutlich spüre ich ihre steigende Lust und sehe es an ihren dicken Nippeln, die sich gegen den Stoff drücken, wie scharf sie bereits

jetzt schon ist. Was sie zu ihm sagt, kann ich nicht hören, doch Iwanowitsch`s Grinsen nach zu urteilen, muss
es etwas höchst unanständiges sein. Denn schon ist sein
ausgetreckter Zeigfinger in dem Blüschen an ihrer prallen Knospe und umkreist sie lockend.

Alle Gäste sind perfekt beschrieben worden, ich erkenne jeden von ihnen. Daniela verabschiedet sich kurz
ins Bad, um sich umziehen, doch nicht, ohne ihrem
Iwanowitsch noch einen gewissen Blick zuzuwerfen,
anscheinend ahnt sie sehr genau, auf wen es ihr Gatte
heute Abend abgesehen hat. Plötzlich ruft Peter:

„Nee, nä? Das gibt's doch nicht!" Erschrocken blicken wir zu ihm hin. „Hört mal, eine WhatsApp von
Michele. Er hat leider Land unter im Office und kommt
drei Stunden später!"

„Ahhh!", kreischt Carina. „Typisch! So ein …." Den
Rest verschweigt sie, und auch wir anderen schauen
uns konsterniert an. Doch im nächsten Augenblick
stürmt ein Mann durch die offene Verandatür und
rutscht ähnlich wie ein Fußballprofi, der gerade das
Siegtor für seine Mannschaft erzielt hat, auf Knien über
den Boden.

Michele!

Alle lachen auf und rufen laut: „Yeah!!!!!" Was für
ein Schelm, was für ein Gag und was für eine Überraschung. Ein Typ, der den großen Auftritt liebt, denke
ich, und auch er ist mir sofort sympathisch. Hinter ihm
aber betritt mit lautem Klackern dünner Highheelabsät-
ze eine Frau den Raum. Inéz! Ich bin fassungslos.
Mensch, sieht die gut aus, denke ich! Kniehohe, rote
Stiefel, ein superkurzer schwarzer Latexminirock und

eine schwarze Unterbrusthebe, die eine imposante Oberweite erahnen lässt. Darüber ein hauchdünnes cremefarbenes Tuch. Die halblangen, rotbraunen Haare hat sie zu einem Zopf gebunden, einige Strähnchen jedoch umrahmen keck ihr hübsches Gesicht. Was für eine Hammerfigur! Das ist das erste, was ich denke. Und dann scannt sie lächelnd den Raum, ihre dunkelbraunen, leicht mandelförmigen Augen eiskalt, aber hellwach. Dazu dieser Mund, diese Lippen. Und vor allem: Ihr Po! Mein Schwanz beginnt so dermaßen zu zucken, dass ich es jetzt schon weiß: diese Frau will ich! Und zwar ihren so megageilen Arsch!

Nun sind wir also doch alle zusammen und die Party kann eigentlich beginnen. Ich bin noch in der Betrachtung von Costanza und Inéz vertieft, überlegend, wie wir jetzt wohl am besten den Abend eröffnen können, da höre ich bereits hinter mir ein mir recht bekanntes Stöhnen. Nina liegt mit entblößten Brüsten auf dem Esstisch. Ihre Beine hoch angewinkelt und weit gespreizt, die langen Absätze ihrer Lackoverkneestiefel ragen gefährlich in die Höhe und zwischen ihren Beinen kniet Iwanowitsch und leckt sie. Neben ihr aber steht der eben erst eingetroffene Michele. Ich glaube nicht recht zu sehen, muss tatsächlich überrascht schlucken, denn er hat ihr bereits seinen Schwanz in den Mund geschoben. Während er ihr lüstern die freiliegenden, entblößten Brüste knetet.

Peter und Carlos sind wieder an Carina dran, auch Alexa ist mit dabei. Peter hat ihr die Träger ihres roten

Latexkleidchens von den Schultern gezogen und massiert voller Lust die schönen Brüste.

Rechts von mir streicht Bernardo der attraktiven Inéz durchs Haar, küsst sie und ist dabei, ihr das Tuch von den prallen, hochstehenden Brüsten zu entfernen. Deutlich sehe ich, wie hart bereits auch ihre Brustwarzen angeschwollen sind. Unglaublich denke ich, tatsächlich haben sich alle Damen an Ninas Anordnung gehalten, tittenbetont bekleidet zur Party zu erscheinen. Inéz hat auch wahnsinnig tolle Brüste, denke ich und stehe etwas ratlos da.

Ich überlege, ob ich zu Costanza gehen soll, doch die steht wie in Trance mit einem Glas Rotwein in der Hand an der Wand gelehnt und betrachtet sich fasziniert das bunte Treiben. Ich bemerke zwar, dass Nina mir immer wieder Blicke zuwirft, doch kann ich mich nicht überwinden, zu ihr zu gehen, um mitzumachen.

Zu meiner Rettung erscheint kurz darauf Daniela aus dem Bad und auch sie sieht nun wahnsinnig sexy aus. Das kurze, hauchdünne, bronzefarbene Kleidchen steht ihr wirklich fantastisch, dazu trägt sie passende braune Riemchensandalen. Lächelnd blickt sie sich um und kommt dann auf mich zu. Frei schwingen ihre Brüste unter dem Hauch von nichts und ich erkenne, dass auch sie slipless ist. Das Kleid sitzt ihr wie angegossen, der seitlich, sehr lange Schlitz lässt ihre nackten Schenkel blitzen. Na dann, komm mal her, mein Schatz, denke ich, erfreut ihre Bekanntschaft zu machen. Doch Bernardo kommt mir in die Quere und schnappt mir Daniela vor der Nase weg. Vermutlich, weil Inéz sich zu Carlos, Peter, Alexa und Carina gesellt hat und sich von

Carlos die Brüste kneten lässt, während Carina und Alexa abwechselnd Peters Schwanz mit dem Mund verwöhnen.

Kurzerhand drückt Bernardo die so leicht bekleidete Daniela ohne viel Federlesen gegen den Türpfosten, fährt ihr mit einer Hand zwischen die Beine und beginnt sie augenblicklich sehr hart zu fingern. Ich kann es kaum glauben, es dauert vielleicht 90 Sekunden, da hebt sie ihr Kleidchen weit über den Bauchnabel und schreit ihren Orgasmus heraus. Gleichzeitig spritzt sie Bernardo auf die Hose. Gut, dass die aus Leder ist, denke ich noch, doch Daniela schreit noch lauter, steckt alle im Raume mit an, auch Nina stöhnt laut und unkontrolliert, denn Iwanowitsch bearbeitet sie zusätzlich zur Zunge nun auch mit einem Finger, während sie gierig Micheles harten Schwanz mit dem Mund verwöhnt.

Ich bin gelinde gesagt überrascht von diesem plötzlichen und sehr heißen Entree und begebe mich neben Costanza. Doch die nimmt zunächst keine Notiz von mir, ich aber betrachte mir wohlwollend ihre kecken, kleinen Brüste, die sich durch den dünnen Stoff des Rollis wundervoll abzeichnen und sehe, dass ihre Nippel stehen und sich gegen den Pulli drücken. Sie spürt meine begehrlichen Blicke und sagt plötzlich, und ihre Stimme überrascht mich völlig, denn die ist ungewöhnlich rauchig-dunkel, aber dadurch auch extrem sexy, ja auf eine unbestimmte Weise auch weich und verlockend. Eine Stimme, die ich von einer solch zierlichen Frau nicht erwartet hätte.

„Lass mich bitte, ich muss das alles erst mal in mich aufnehmen hier, ich bin völlig perplex."

„Ich verstehe das gut, mir geht es ganz ähnlich", antworte ich, und ich weiß nicht, ob meine Stimme traurig klingt oder so, auf jeden Fall streichelt sie mir plötzlich über den Rücken und gibt mir einen Kuss auf den Mund. Einen weichen und sehr sinnlichen Kuss. Diesen wiederum hatte ich nun doch erwartet, bei den wundervollen Lippen.

„Du gefällst mir, Roland", sagt sie leise, behält die Lippen geöffnet und ihre blütenweiße Zähne blitzen. „Doch bitte, lass mir ein wenig Zeit. Ich bin doch eben erst hier angekommen. Und so im Eiltempo geht das nicht bei mir."

Ihr Lächeln ist bezaubernd, und trotz ihrer eher ablehnenden Worte, zieht mich diese Frau wie magisch an. Sie ist weit über einen Kopf kleiner als ich, doch ihre Figur ist sportlich, ihre Beine makellos. Der Po aber, der ist überraschend knackig-rund und verleiht dem Miniröckchen wahre Eleganz. Eine Frau, so zierlich wie sie ist, die doch auch in der Menge auffällt, da bin ich mir jetzt schon sicher. Ihr Blick, den sie mir schenkt ist umwerfend. So klar, so intensiv, so wach.

„Ja, das kann ich gut nachempfinden. Geht mir auch so. Du siehst klasse aus, Costanza", raffe ich mich auf, zu antworten und füge hinzu, um auch etwas Höfliches beizutragen, das mich vielleicht eine Spur weiter bringt: „Dieser Pulli ist atemberaubend erregend."

„Ja, Bernardo liebt es, wenn ich enge Rollis trage, wegen meiner Titten und so.", antwortet sie immerhin und lacht dazu. Ich wage doch einen Vorstoß und streiche ihr einmal mit dem Handrücken über die beachtlichen Knospen; die sich wirklich mehr als keck abzeichnen, und Costanza lässt es zu. Immerhin, denke ich.

„Wohl auch wegen der nicht zu übersehenden dicken Nippel", necke ich die Dame. Sie lächelt mich an, und ihr Blick wird ganz weich. Ich betrachte es als Einladung und fahre ihr mit den Fingerspitzen der anderen Hand den Nacken entlang und fasse ihr langsam doch immer fester ins Haar. Ziehe ihr ein wenig den Kopf zurück und gebe ihr nun einen Kuss auf den Mund, während ich ihr weiterhin nur mit dem Handrücken über die Brüste streiche, jetzt jedoch mit etwas mehr Druck, zwänge sogar kurz abwechselnd die Nippel zwischen meine Finger. Sie lässt es geschehen, legt ihren Kopf in den Nacken, und ich packe fester zu in ihrem kurzen Haarschopf.

„Du entkommst mir nicht, Süße, ich spüre dein Potenzial!", hauche ich ihr ins Ohr, doch mehr unternehme ich nicht. Ist sie enttäuscht? Ihr Blick drückt es jedenfalls aus. Ich sehe ihr direkt in die Augen, lächle sie an, sie senkt den Blick. Ist sie wirklich eine Femdom, eine dominante Frau? Denn so viel habe ich inzwischen in Erfahrung bringen können, was genau das ist. Doch Costanza wirkt auf mich jetzt im Moment nicht so. Im Genteil, sie wirkt eher submissiv, oder wie man das nennt.

Ich fühle mich nicht wirklich gut, fühle mich irgendwie ausgegrenzt. Natürlich könnte ich problemlos mich irgendwo mit einklinken, doch ich will nicht. Mir ist sogar so, als könnte ich mich hinaus auf die Terrasse

158

setzen, allein und in den aufziehenden Sternenhimmel schauen. Ich weiß nicht wieso, weiß nicht was mit mir los ist, was mich stört.

Ich spüre Ninas Blick, wie sie sich über mich wundert, auch Alexa schaut mich hin und wieder an. Längst sind ihr die Träger des Lackkleides weiter als nur über die Schultern gezogen worden und Lippen saugen an ihren nackten Brüsten. Auch Carina sieht des Öfteren zu mir hin. Ich komme nicht in Stimmung, nicht in Fahrt, irgendetwas blockiert mich, und dies massiv. So gehe ich zum Kühlschrank, öffne mir eine Flasche Bier, nehme einen tiefen Zug und schaue weiter zu.

Schließlich ist es Peter, der sich von Alexa löst und zu mir kommt.

„Was ist denn mit dir?", fragt er mich, sieht mich besorgt an und packt seinen speichelnassen Schwanz ein, zieht den Reißverschluss hoch.

„Ich weiß nicht Peter, ich komme plötzlich nicht in Stimmung, etwas hemmt mich total."

„Was denn? Die Weiber sind doch alle rattig ohne Ende."

„Das ist es vermutlich ja gerade", sage ich. „Mir geht das alles viel zu schnell. Ich fühle mich nicht wirklich dazu gehörig, irgendwie außen vor. Und ich kann mich partout nicht überwinden, einfach mitzumachen."

„Hm", macht Peter und nickt. „Verstehe."

„Wieso?"

„Weil ich Ähnliches auch schon erlebt habe, doch damals konnte ich vor Eifersucht nicht."

„Ich bin nicht eifersüchtig! Ich bin nur … es geht mir einfach alles viel zu schnell. Die Party ist noch nicht mal eröffnet, Peter. Ich warte lieber ab und beobachte."

„Und was siehst du?"

„Alle sind geil."

„Und du?"

„Ich war es bis vor kurzem auch."

„Nun nicht mehr?"

„Nein."

„Hm." Dann nach einer Weile: „Schnapp dir doch Costanza."

„Ich will nicht. Jedenfalls noch nicht. Der Abend hat ja noch nicht mal angefangen."

„Hat er doch, wie du siehst."

„Nicht für mich."

„Was fehlt denn?"

„Eröffne du offiziell den Abend und stell mich vor, ich mixe dann den Begrüßungsdrink und alle begrüßen sich."

„Hey, na du bist aber förmlich, plötzlich", lacht er nun doch.

„Ja, bin ich, denn ich bin fremd hier. Wenigstens für die meisten. Ich weiß jetzt schon eines, ich brauche Nähe und Vertrautheit. Ist irgendwie komisch, ich weiß, aber es ist so. Ich bin irgendwie gehemmt."

„Herr Gott, jetzt verstehe ich, was des Broblem isch!", schwäbelt er, „die ganze Zeit hatten wir darüber geredet, eine frivole und versaute Party zu veranstalten, und nun willst du auch, dass sie beginnt, offiziell sozusagen."

„Ja, so könnte man es ausdrücken. Ich bin eben ein Beamter aus der Lohnbuchhaltung in Koblenz", lache nun auch ich und spüre, dass ich langsam auftaue.

„Gut, mein Freund, dann machen wir es so, denn ich bekomme plötzlich unheimliche Lust auf deinen ganz bestimmt verdammt guten Begrüßungsdrink!"

Stimmt, denke ich, das spielt wohl auch eine nicht ganz unwichtige Rolle. Ich habe noch eine Aufgabe vor mir und zu erledigen.

Peter klatscht plötzlich laut in die Hände und ruft mit eindringlicher Stimme:

„Okay Leute, es freut mich, dass ihr alle so gut angekommen seid hier." Er blickt sich in der Runde um. „Doch nun wollen wir, meine Frau und ich, euch alle erst einmal ganz offiziell herzlich begrüßen, und euch eine sensationelle Neuigkeit bekanntgeben, und im Zuge dessen auch unseren Gast vorstellen."

Nina erkennt sofort und als erste, warum Peter das initiiert und löst sich geschickt doch bestimmt von Michele und Iwanowitsch, knotet sich die Bluse zu, zupft am Röckchen und kommt zu uns. Sie stellt sich zwischen Peter und mich, eine Hand an meinem Po und die andere an seinem. Durch ihre Lackoverkneestiefel mit den Wahnsinnsabsätzen ist sie nun fast so groß wie wir. Ich bin sehr froh, dass meine beiden Freunde bei mir sind, ja regelrecht erleichtert. Auch Carina richtet ihre Brüste und zieht sich die Träger über, knotet sie im Nacken zusammen, Alexa zieht sich die Träger ihres Lackkleides über die Schultern und bedeckt sich, Inéz wieder das Tuch vor den Busen und Daniela das Kleidchen herunter. Manch harter Männerschwanz wird eingepackt, Reißverschlüsse hochgezogen und schlussendlich stehen sie alle im Halbkreis vor uns. Auch Costanza, die mich nun wirklich sehr herzlich anlächelt.

„Glaubt mir, ihr lieben Freunde", setzt Peter seine Rede fort. „Ich würde ganz bestimmt nicht unser so lustvolles Tun unterbrechen, wenn es mir nicht eine große Ehre und Freude wäre, zusammen mit meiner geliebten Ehefrau, Nina, euch nicht nur herzlich zu unserer frivolen Sommernachtsparty willkommen zu heißen, sondern auch, um die sensationelle Neuigkeit zu verkünden, dass wir ab sofort einen neuen Inselbewohner haben, unseren Freund Rooolandooo!"

Peter spricht meinen Namen so aus, als würde er einen berühmten Boxkämpfer ankündigen, der soeben den Ring bestiegen hat, mit lang anhaltendem ‚O'. Applaus brandet auf, doch mittenhinein in das Händeklatschen tritt Carina vor und fragt verdutzt:

„Wie, neuen Inselbewohner? Wie dürfen wir das verstehen, Peter?"

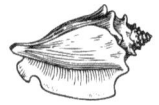

Elftes Kapitel
Spritz

Roland ist ab sofort ein neuer Bürger Ibizas", ruft Peter. „Er ist zwar kein waschechter Ibizenker, wie ja keiner von uns, außer Bernardo und Inéz – soviel ich weiß – die hier geboren und aufgewachsen sind, dennoch freue ich mich, zu verkünden, dass es unserem neuen Freund zu einer Auswanderung drängt. Es gefällt ihm hier so gut und seine berufliche Situation lässt dies auf sogar sehr einträgliche Weise zu, dass er hier richtig gut durchstarten kann. Ja."

Der Applaus, der auf diese Worte erfolgt, ist schon deutlich lauter als soeben noch, und plötzlich sind die Geilheitsgelüste der Gäste wie weggewischt, zunächst. Alle wollen wissen, was mit Rolando ist und so hören sie Peter weiterhin sehr aufmerksam zu. Zum Schluss überlässt er mir das Wort und ich bedanke mich, dann schreite ich zur Tat und erkläre kurz, dass ich mir als Parteyeinstand einen Begrüßungsdrink für alle überlegt habe und beginne auch sofort mit meinem kunstvollen Handwerk. Peter hat bereits das Eis und die zwölf Gläser bereitgestellt, langstielige, ballonähnliche Gläser, und ich fülle die erste Mischung in den Shaker. Vier Eiswürfel dazu und los geht's. Danach die zweite Mischung. Schon füllen zwölf Cocktails der feinsten Farbe die Gläser und ich fülle den Cava auf, wobei ich aufpassen muss, denn er schäumt deutlich mehr als der Italienische Prosecco. Alle schauen mir gebannt zu, und ich bin wieder allerbester Stimmung. Ich liebe die Bühne. Ja, ich blühe regelrecht auf, ich spüre es sehr genau. Endlich! Anschließend je einen Schuss Sodawasser. Schließlich sage ich:

„Und nun Nina, bitte pro Cocktail zwei Eiswürfel in jedes Glas!" Etwas erschrocken sieht sie mich an. „Und mach das ja ordentlich!", füge ich noch bei und sehe sie streng an. Mehr als frivolen Scherz, denn ernst gemeint, denn natürlich weiß ich, dass Nina es hervorragend hinbekommen wird, gar keine Frage und zwinkere ihr ein Auge. Doch ihr freches Schulmädchenoutfit lädt mich regelrecht dazu ein, dies anzuordnen.

Nina erweist sich tatsächlich als sehr gute und gelehrige Schülerin, und doch, ich ahne es, ich habe es im Gespür, das freche Ding heckt natürlich etwas aus. Und prompt lässt sie schon beim vierten Drink zwei Eiswürfel daneben fallen. Ich brause auf.

„Habe ich dir nicht gesagt, dass du dir Mühe geben sollst? Ich sehe deine Versetzung in die nächste Klasse als stark gefährdet an!"

„Bitte, Herr Lehrer", wimmert sie. „Ich kann doch nichts dafür. Die blöde Eiswürfelzange ist schuld."

„Keine Ausreden hier, Strafe muss sein!"

„Jawoll!", kommt es aus dem Publikum, und selbst Peter stimmt mit ein: „Diese unartige Göre hat Strafe verdient!"

Ich sehe, dass Costanza mich angrinst, sie hat natürlich dieses kleine Rollenspiel durchschaut und sagt dann auch:

„Ich hätte da das Passende dabei, Herr Oberhauptzuchtmeister!"

„Autsch!" Entfährt es Carina. Nina grinst auch frech vor sich hin, drückt schuldbewusst die Knie zusammen, gibt sich aber bei den letzten Drinks dann wirklich Mühe. Und ich merke es ihr an, erleichtert wirkt sie, dass ich nun endlich doch noch mit ins Spiel gekommen bin und wieder ganz der alte bin. Schließlich rühre ich mit einem langen Barlöffel, einem *Stirrer*, vorsichtig jeden Drink einmal durch, dann stelle ich das Schälchen mit den Orangenschalenstreifen parat. Natürlich kann ich nicht auf den alten Taschenspielertrick verzichten, wenn ich schon solch interessiertes Publikum habe und nehme mir ein Feuerzeug zur Hand und entflamme es. Dann quetsche ich die Orangenschale, und das austretende ätherische Öl wirft kleine brennende, blaue Sternchen.

„Ihr seht, dass tatsächlich etwas vorhanden ist, was dem Cocktail jetzt hinzuge-spritzt wird und ihm einen kleinen letzten Pfiff an Aroma gibt. Erst dann ist er ein echter *Spritz*. Wer will spritzen? Du Daniela?"

„Ich hab schon!", lacht sie, und die ganze Gesellschafft stimmt mit ein. Das Eis ist gebrochen, im wahrsten Sinne des Wortes, und ich bin glücklich, freue mich zutiefst. Ja, es geht mir prächtig und ich blühe weiter auf.

„Ich will!", ruft Alexa und ich nicke.

„Ich zeig dir, wie das geht", schmunzle ich.

„Ich habe schon davon gehört, dass du weißt, wie das mit dem Spritzen geht", antwortet sie kokett. Ich liebe diese frivolen Doppeldeutigkeiten. Orangenschale für -schale quetschen wir über die einzelnen Cocktails, man sieht zwar nichts, es läuft keine Flüssigkeit, aber die ätherischen Öle sind sehr deutlich wahrnehmbar, ein wunderbarer Duft breitet sich aus.

„Gut machst du das, Alexa", lobe ich sie und es erregt mich, wie sehr sie sich Mühe gibt, um alles richtig zu machen. Dicht steht sie neben mir, unsere Schultern berühren sich, ich spüre ihre Wärme und auch die Hitze, die ihr entströmt. Ist es Verlangen? Nach mir?

„Ein wenig Popohaue würde ich aber auch gerne mal ausprobieren, Herr Lehrer", sagt sie leise. „Wenns denn meiner Versetzung in die nächste Klasse zuträglich ist." Dabei beißt sie sich so unschuldig wie es geht auf die Unterlippe. Costanza, die alles mitbekommen hat, wird unruhig, ich spüre es genau und tatsächlich verkündet sie nach einer Weile:

„Ich glaube, ich werde mich später auch noch umziehen müssen."

„Das solltest du, mein Schatz", nickt Bernardo, der hinter ihr steht und beide Hände um ihre Brüste gelegt hat und sie ganz leicht drückt. „Unbedingt, solltest du das, denn wie ich es mitbekomme, wurde auch dein Michele schon ganz nervös, als er das Wort ‚Strafe' hörte."

Und tatsächlich murmelt jener Michele, ich höre es genau:

„Ich bitte darum, Herrin!"

„*Et voilà*!", sage ich mit lauter Stimme: *Spritz* à la Rolando und seinen begnadeten Assistentinnen!"

„*Gracie mille, maestro*!", ruft Peter. „Meine Damen und Herren, herzlich Willkommen zu unserer ersten frivolen Ibiza-Hotlove-Party. Wir freuen uns sehr, dass doch alle Gäste unsere Einladungen angenommen haben und nicht nur erschienen sind, sondern ganz besonders die Damen sich so offenherzig zeigen. Ihr seht alle einfach nur verdammt scharf aus! Die kleinen Änderungen des Partymottos in quasi letzter Minute verdanken wir unserem Gast Roland, der unser Leben seit seiner Ankunft sehr bereichert. Bitte greift nun zu bei den von ihm kreierten Begrüßungsdrinks! Und später dann auch bei den Gästen …", fügt er noch hinzu und muss nun selbst grinsen. Auch ihm geht es gut, das kann jeder hier spüren. „Und wie ich vorhin erst gehört habe von der Schülerin Nina, hat sie sich noch heute Vormittag etwas intensiver bei den Damen um die Kleiderordnung gekümmert. Stimmt das so, mein Schatz?"

„Oh ja, mein Herr, das stimmt. Freier Zugriff für alle an Möpse, Arsch und Möse!", ruft sie, was die Herren natürlich, inklusive meiner Wenigkeit, mit lauten Gejohle gutheißen.

„Wir haben zwar noch ein großes Buffet für Speisen bereit", fährt Peter fort „doch wie ich uns kenne, wird in der nächsten Zeit niemandem nach einer Tischmahlzeit der Sinn stehen, viel mehr wollen wir uns den Gelüsten, Frivolitäten und hemmungslosen Versautheiten hingeben. Jeder möge sich, wenn der Hunger kommt, oder eine Pause nötig ist, bitte frei bedienen am Buffet, wir schlagen aber vor, dass wir dennoch um Mitternacht uns bei Tische einfinden, um zu speisen und uns neu zu stärken. Wir möchten nur auf eines hinweisen, dass sich diese illustre Gesellschaft ausschließlich im Erdgeschoss aufhält und sich amüsiert, denn wir wollen nicht, dass sich die Party verläuft. Selbstverständlich stehen euch alle Räumlichkeiten hier unten, die Terrasse, der Garten und auch der Pool zur Verfügung. Die oberen Stockwerke mit den Gästezimmern sind für jedes Paar vorbereitet. Ihr seid alle herzlich eingeladen, hier bei uns zu übernachten, auch wenn es vermutlich nur für ein paar Stunden sein wird. Und nun wünschen wir uns allen viel Spaß! Danke schön!"

Wieder brandet Beifall auf, für diese schöne Willkommensrede, wir prosten uns alle gegenseitig zu und das lüsterne Funkeln ist in aller Augen zu erkennen. Das Lächeln drückt Vorfreude aus, und ich … ja ich bin nun wieder richtig gut drauf.

Es ist Michele, der als erstes zu mir kommt.

„Mein Lieber", sagt er. „Dieser Drink hier, der ist ja der Oberkracher! Der beste *Spritz*, den ich je getrunken habe. Und das ist mein voller Ernst. Ganz großes Kompliment von jemandem, der auch viel mit der Gastronomie zu tun hat. Inéz und ich würden uns sehr freuen, wenn du uns mal besuchen kämst, denn ich kann mir da so einiges an Austausch vorstellen."

Sein Grinsen und sein Augenzwinkern sind überaus doppeldeutig, und je näher ich ihn mir betrachte, desto mehr fällt mir sein Blick auf. Ja, er hat diesen ganz bestimmten Blick, auf den die Frauen vermutlich stehen. Ich als Mann erkenne das sofort. Dazu noch wirklich tolle blaue Augen.

„Hey, das freut mich, Michele", sage ich. „Das ist wirklich eine Ehre für mich. Ja, Drinks zu mixen und darüber zu referieren ist nicht nur meine Passion, sondern auch mein Beruf." Und als er mit dem letzten

Schluck sein Glas leert, frage ich lachend, ob`s denn noch ein zweiter sein darf.

„Wenn`s noch einen gibt, liebend gern", antwortet er begeistert.

„Dem würde ich mich sehr gerne anschließen", kommt es von hinter mir. Costanza ist an uns herangetreten und hält mir ihr leeres Glas entgegen. Auch Bernardo tritt an uns heran, ebenfalls mit fast leerem Glas und nickt mir aufmunternd zu. Seine Worte richtet er allerdings an Michele:

„Und? Wie sieht`s aus? Lust auf die ganz harte Nummer heute? Costanza hat alles mit dabei."

Aha, denke ich, also doch, es stimmt, was Nina, Peter, Carina und ich schon gemutmaßt hatten. Michele antwortet:

„Oh, ja, unbedingt! Aber bitte lasst mir noch ein wenig Zeit zum Warmwerden, ja? Ich brauche erst noch einen Drink."

„Aber natürlich", antwortet Costanza und ihre Stimme klingt zwar dunkel aber auch zuckersüß, und gerade deswegen auch bedrohlich. „Wir wollen doch alle nur das Beste für dich. Doch ich sag dir was, heute wirst du richtig rangenommen!"

Dass sie mir dabei ein Lächeln schenkt, lässt meinen Schwanz wieder pochen. Diese Frau mit ihrem Bernardo fährt ihren ganz eigenen Film. Dass Costanza sich mir allerdings mehr und mehr annähert, entgeht mir natürlich nicht. Auch nicht, wie stramm ihre Nippel stehen. Diese Frau ist erregt!

Ich schaue mich um ins weite Rund, noch sind alle Gäste in small talk vertieft. Nina und Peter unterhalten sich mit Daniela. Carlos und Alexa lachen mit Carina, und Inéz lässt sich von Iwanowitsch den Nacken und die Schultern massieren.

„Okay", sage ich. „Dann ran ans Werk!"

Ein Dutzend neue *Spritz* gilt es zu erstellen. *Aperol* und *Tanqueray* waren Gott sei Dank in Literflachen eingekauft worden, so bekomme ich noch locker eine zweite Runde ihn, Cava ist auf jeden Fall im Überfluss vorhanden, Sodawasser sowieso. Nur eine neue Organe müsste geschält werden für den letzten Pfiff des Meisters. Eis ist ebenfalls noch in rauen Mengen vorhanden, und als ich die erste Mischung laut anshake, sind alle wieder um mich versammelt.

„Roland mixt uns noch eine zweite Mischung fertig.", ruft Bernardo.

„Auf einem Bein kann man ja nicht stehen.", bemerkt der Mann im Rock.

„Wie gut, dass du noch ein drittes hast, Iwanowitsch, ein sehr hartes noch dazu!", neckt Daniela ihn und fasst ihm in die Lasche vor seiner Mitte, die nur notdürftig zugeknöpft ist.

„Die zweite Runde wird eingeläutet, bevor die erste so richtig begonnen hat?", kichert Nina und ist ebenfalls mit hinzugetreten, steht nun in meiner Nähe.

„Ich decke rasch zwölf neue, saubere Gläser ein", bietet Carina an und zieht die Aufmerksamkeit auf sich, indem sie den perfekten Gang zur Glasvitrine hinlegt. Charmant von Iwanowitsch begleitet, sehr bemüht, seine Chancen, bei ihr zum Erfolg zu kommen, zügig zu erhöhen. Betont langsam öffnet sie die Glastüren und er drängt sich seitlich sehr nah an sie heran. Entschlossen drückt er seine harte Männlichkeit durch den Rock gegen ihren Oberschenkel, sie spürt ihn natürlich, ihr lüsterner Blick verrät es mir, und wendet ihm ihr hübsches Gesicht zu. Lächelnd zieht sie ihn am Nacken zu sich heran. Sinnlich ist ihr Kuss, doch gierig wird er, als Iwanowitsch ihr mit der Hand durch den langen Schlitz des Kleides den nackten Oberschenkel empor streicht. Carina drängt ihm ihr Becken entgegen und im nächsten Moment fasst er ihr an den Schritt. Zielstrebig gleitet seine andere Hand an ihren Kopf, presst die Boutiquebesitzerin an sich heran und nun küsst auch er sie hart und fordernd.

Mit erregendem Vergnügen habe ich die erfolgreiche Annäherung mit beobachtet, so wie andere auch und merke, dass die Stimmung deutlich lockerer und entspannter wird. Auch als Carlos nach einem Ouzo oder Grappa verlangt, wird er auf den zweiten *Spritz* verwiesen. Ich schneide derweil die Orangenzesten selber und bitte Bernardo, doch für saubere Gläser zu sorgen, da Carina ein wenig abgelenkt ist.

Inéz mit den traumhaft schönen langen Beinen und dem superkurzen schwarzen Strechröckchen hat sich neben mir eingefunden, und fragt, ob sie jetzt bitte auch mal spritzen dürfe. Wie ich diese frivolen Doppeldeutigkeiten liebe, denke ich ein weiteres Mal. Der Name des Drinks bietet sich aber förmlich dazu an, schreit danach. Natürlich erlaube ich ihr, das Orangenschalenaroma beizufügen. Ich bin mir absolut sicher, dass sie alle diesen *Spritz* bei weitem unterschätzen, er ist eben anders, als der, den sie hier kennen aus den Bars, Clubs und Restaurants. Denn die 47,3 Prozent des Gins sind weitaus mehr, als nur ein kleiner Geschmacksverstärker.

Inéz fragt mich, ob sie denn alles richtig macht, so? Ich schüttele verneinend den Kopf und stelle mich dicht hinter sie, drücke mich an ihren Hintern heran, den sie mir auch augenblicklich entgegen reckt.

„Komm, ich zeige dir wie das geht und helfe dir", sage ich leise.

„Ich will spritzen, Herr Lehrer! Mach`s mir! Jetzt gleich! Hier vor allen Leuten!", bittet Inéz und erst jetzt merke ich, wie erregt sie bereits ist. Ich habe meine Arme um sie geschlungen und gemeinsam drücken und quetschen wir die Orangenschalen über die Drinks. Ich küsse ihr derweil am Hals entlang, atme ihr Parfum ein, und der neben uns stehende Bernardo zieht ihr das Tuch von den Schultern, entblößt ihre Brüste.

„Du siehst so gut aus, Inéz", befindet der. „Ich liebe es, wie deine Titten so schön betont sind!"

Dieser Satz könnte auch von mir stammen und innerlich muss ich grinsen. Dieser Bernardo, denke ich, wird er mir etwa ein zweites Mal in die Quere kommen?

„Ich bin so happy, dass es dir nun besser geht", flüstert mir plötzlich die dicht an mich herangetretene Nina ins Ohr. „Ich hatte mir wirklich schon Sorgen gemacht vorhin, ehrlich. Das war eine tolle Idee von Peter, dir Raum zu gewähren. Und dein Drink, der ist Weltklasse." Sie gibt mir einen Kuss auf den Mund und lächelt mich an. „Schnapp sie dir, die heiße Inéz", flüstert sie mir ins Ohr. „Fick sie! Es macht mich so an, dich jetzt wieder in deiner Energie zu sehen."

172

Ich wische mir kurz die Finger an einem Geschirr-tuch ab, dann gleiten meine Hände über Inéz weiche Lederkorsage und hin zu Ihren Brüsten. „So geile Tit-ten!", hauche ich ihr ins Ohr. Sofort reibt sie ihren Po an meinem Schritt, spürt meinen harten Schwanz und ich greife nun lustvoller zu, werde scharf, denn sie hat wirklich traumhaft schöne Brüste. Sie hat das Ausquet-schen der Schalen abgebrochen und Bernardo beendet es bei den verbleibenden Drinks. Nun fehlen nur noch die Eiswürfel und ich lasse kurz von Inéz ab, um sie rasch hinein zu geben. Als ich bei dem achten Drink bin sehe ich, wie Inéz sich von Bernardo fortziehen lässt Richtung Sofa. Sie grinst mich an, zuckt mit den Schultern und lässt sich mitziehen. Das gibt's doch nicht, denke ich und höre Nina neben mir kichern. „Wer zuerst angreift, gewinnt, Roland, so funktioniert das Spiel!"

Etwas angesäuert verteile ich die verbleibenden Eis-würfel und denke im Stillen: Na warte, mein Lieber, dafür schnappe ich mir nachher deine süße Costanza!

Nachdem ich mich wieder halbwegs gefangen habe reiche ich den umstehenden Gästen ihre Drinks an, sehe am schalkhaften Lächeln von Costanza und Michele, dass sie meine kleine Unaufmerksamkeit und die dar-aus resultierende Folgerung, sehr wohl mitbekommen haben, und plötzlich muss auch ich lachen. Nee! Was für eine Horde, denke ich, und stoße mit den um mich stehenden Leuten an.

Weiter hinten sehe ich, wie Daniela der Carina zeigt, wie man Iwanowitschs Schwanz am besten bläst, die Frauen wechseln sich lächelnd ab, und Carina zeigt ganz offen ihre Begeisterung über sein Prachtexemplar.

„Dein Bernardo ist schon ein echter Hund, Costanza", sage ich. „Sowas ist mir echt noch nicht passiert."

„Ich fürchte, du wirst Vergeltung üben müssen, kann das wohl sein, hm?", fragt sie kokett und ich sehe es ihr an, dass auch sie inzwischen mehr als nur ein bisschen aufgetaut ist, denn sie lächelt mich verführerisch an und reckt mir ihre Brüste entgegen. Plötzlich zieht sie sich den Rollkragen hoch. Hoch über ihren Mund und die Nase. Nur ihre blauen Augen lugen über dem Rand hervor, schauen mich mit einer unglaublichen Intensität an.

Tu es! Sprechen diese Augen, übe Vergeltung! An mir!

Zwölftes Kapitel
En garde!

Michele bekommt es wohl mit, dass sich etwas zwischen Costanza und mir anbahnt und er beginnt, ihr den Po zu streicheln. Costanza rührt sich nicht, lässt ihn gewähren, nimmt zwei große Schlucke von ihrem zweiten Drink, leckt sich über ihre Lippen, sieht mich dabei kokett und sehr verführerisch an. Und doch bemerke ich, wie es hinter ihrer Stirn arbeitet. Micheles Annäherung löst etwas in ihr aus. Ich ziehe ihren Kopf zu mir heran und gebe ihr vor Micheles Augen einen Zungenkuss, den sie auch sofort lustvoll erwidert. Danach stellt sie gelassen ihr Glas zurück auf den Tisch. Noch einmal sieht sie mich an, jetzt sehr intensiv und mit tückisch funkelnden Augen, und mit einem Mal, völlig überraschend und unerwartet, wirbelt sie herum, schlägt Michele kräftig auf die Finger und sagt mit lauter Stimme, so dass alle es hören können:

„Habe ich dir DAS erlaubt? Was war das für eine Unverschämtheit?"

Sichtlich erschrocken zuckt Michele zusammen und starrt Costanza an. Alle starren Costanza an. Außer Bernardo, der hat Inéz über die breite Armlehne des Sofas gebeugt, ihr den Rock über die Hüften geschoben und vögelt sie von hinten. Carlos primero hat die Chance wahrgenommen und sich zu ihnen gesellt und sein dicker Schwanz streicht durch Inéz Gesicht, die mit der Zunge versucht, ihn zu erhaschen.

Plötzlich hat Costanza Handschellen zur Hand und befielt:

„Los, Hände auf den Rücken, dir werd ich Mores lehren!"

Auch das Trinken eines weiteren Schlucks des Begrüßungsdrinks verwehrt sie ihm, ihre plötzliche Strenge überrascht auch mich. Willig lässt Michele sich die Hände auf dem Rücken fesseln und als Costanza anordnet: „Los, mitkommen, subbi!", da folgt er ihr. Ich trinke vor lauter Überraschung zwei kräftig Schlucke, denn an einer Wand bleibt Costanza stehen und verbindet Michele mit einem Seidentuch die Augen. Anschließend blickt sie sich in die Runde um, und ihre Augen haben nun einen ganz anderen Glanz, als eben noch, als sie mich über den hochgeschlagenen Rollkragen angesehen hatte. Auch ihre Stimme hat sich verändert, gefährlich klingt sie nun und fragt: „Wer von den anwesenden Damen hat Lust, mir zu assistieren, aufzupassen, während ich mich umziehe?"

Daniela und Alexa treten vor und gehen mit lüsternem Glanz in den Augen zu dem Paar, das sich allem Anschein nach besser versteht, als wir alle vermutet haben. Daniela aus dem Grund, weil ihr Iwanowitsch begonnen hat, sich an der völlig verzückten Carina zu verlustieren. Sie liegt mit dem Rücken auf dem Tisch, die Brüste entblößt, und er hat ihr die Beine auf seine Schultern gelegt, die Rocklasche ist geöffnet und sein wirklich beachtlicher Schwanz klatscht ihr auf die Möse. Immer wieder macht er das. Ihr den Schwanz auf die Möse schlagen. Carina wird halb verrückt vor Lust und Gier, ihn endlich in sich zu spüren. Iwanowitsch

176

betrachtet sich sein Spiel. Weiß ganz genau, was er da macht, und was er damit auslöst. Oh ja, denke ich, dieser Mann hat viel Erfahrung. Mehrfach streicht er ihr auch mit der Eichel durch die Spalte, dringt aber noch nicht ein, sondern schlägt erneut den Schwanz auf ihren immer nasser werdenden Eingang.

Alexa kommt aus einem Grund, den ich nur mit Neugierde beschreiben kann, heran, denn ihr Carlos ist ja auch bestens beschäftigt bei Inéz und Bernardo. Sie gibt dem erregten Iwanowitsch einen Kuss, dann aber wendet sie sich dem gefesselten Michele zu.

„Holt seinen Schwanz raus und vergnügt euch an ihm, Mädels", weist Costanza an. „Aber achtet darauf, dass er nicht spritzt! Habt ihr das verstanden?"

Ihre Stimme ist herrisch und duldet keinen Widerspruch. Daniela und vor allem Alexa sind sichtlich beeindruckt. Ein letzter Blick, dann dreht sie sich um und entschwindet in einen Nachbarraum, um sich umziehen. Ich blicke ihr hinterher und tatsächlich schaut sie noch einmal über die Schulter und zwinkert mir ein Auge.

„Ich freue mich schon auf meine Strafe, Herr Lehrer, denn ich war wirklich ungezogen", holt Nina mich wieder zurück und beißt sich erneut auf die Unterlippe. Dieser Look steht ihr aber auch atemberaubend gut, denke ich. Es ist nicht zu übersehen, wie wohl sie sich fühlt. Und wie erregt sie ist. Die nur über dem Bauch locker zusammen geknotete Bluse, das sofort jeden Zugriff an ihre Brüste erlaubt, ja regelrecht dazu auffordert, so sündhaft locker sitzt es, ist verdammt erregend.

Rechts kann ich sogar den Ansatz ihres dunklen Vorhofes erkennen Das superkurze Schulmädchenröckchen und diese Wahnsinnsstiefel machen sie für mich zur wahren Venus der Lüste.

„Darf ich Sie daran erinnern, Herr Lehrer, was Sie mir heute Nachmittag per WhatsApp versprochen haben?", fragt sie lockend.

„Du hast Nina versprochen, ihr zur Beginn der Party ordentlich die Titten zu kneten, mein lieber Rolando", antwortet an meiner statt Peter, der sich hinter Nina gestellt hat und ihr über die Brüste streichelt. Nina stöhnt auf und ich werde plötzlich und schlagartig geil! Peter bemerkt es, lächelt und zieht Nina die Arme auf den Rücken. Er bietet mir seine scharfe Frau regelrecht an. Ich nehme noch einen letzten Schluck *Spritz speciale* und stelle das Glas ab.

„Bitte", sagt sie. „Lasst uns hinaus gehen auf die Terrasse, mir ist sehr warm hier. Erfüllt ihr mir den Gefallen, bitte, und ich gehöre ganz euch, ja? Ich will als erstes heute Abend euch. Euch beide in mir spüren."

Wir gehen vorbei am vögelnden Iwanowitsch, der ein langsames Tempo vorgelegt hat und der stöhnenden Carina, die die Augen geschlossen hält und sich die Clit reibt. Vorbei an Inéz, die Herren haben die Plätze getauscht, denn nun ist es Carlos, der sie mit seinem dicken Schwanz von hinten penetriert, während Bernardo sich von ihrem Mund verwöhnen lässt, und auch vorbei an Michele, dem inzwischen das Hemd geöffnet und die Hose ausgezogen worden ist. Daniela bearbeitet ihn von hinten, hat mindestens einen Finger in seinem Hintern, während Alexa ihm den Schwanz bläst. Sie winkt uns zu und ihre Augen sprühen vor Lust – Costanza ist noch nicht zurück.

Wir treten auf die Terrasse und da überkommt es mich plötzlich! Wohl auch inspiriert und angeregt durch das heiße Szenario zischen Michele und Costanza, packe ich Nina am Oberarm und zerre sie zu einem der Hocker. Davor werfe ich drei Sitzkissen auf den Steinboden und setze mich auf den breiten Stuhl. Sodann ziehe ich Nina auf meine Beine und umschlinge mit einem Arm ihre Hüften.

„Deine Titten werde ich dir später durchkneten, du freches Ding", herrsche ich sie streng an, „denn jetzt werde ich dir den Hintern versohlen!"

Nina stößt erschrocken den Atem aus, mit einer solchen Attacke hat sie wahrlich nicht gerechnet. Sie beginnt zu zappeln, zwar ein wenig gespielt, weil man das wohl so macht, als unartiges Schulmädchen, aber auch, um sich ein bisschen zur Wehr zu setzen und es mir nicht zu einfach zu machen. Doch ich halte sie mit eisernem Griff.

„Peter! Stecke der kessen Sünderin den Rock fest!", weise ich an, was er augenblicklich vollzieht. Ihr nackter Hintern ist mir nun schutzlos ausgeliefert und ich streichel ihn mit sanfter Hand. Peter zieht sich einen Stuhl heran, nimmt als Zuschauer der heißen Szene Platz und holt seinen Schwanz heraus. Langsam und genüsslich beginnt er ihn zu reiben, und ich gleite mit einer Hand durch Ninas Poritze hinunter zwischen ihre Beine, prüfe ihre Spalte.

„Klatschnass, das freche Mädchen", verkünde ich.

„Sie gehört erst abgestraft und dann rangenommen!", ordnet Peter an, ganz offensichtlich erregt ihn, was ich mit seiner Frau vorhabe. Sie stützt sich mit den Händen auf dem Boden ab, ihre Beine sind wegen der Stiefel durchgedrückt. Oberschenkel und Po sind nackt mir ausgeliefert. Ich errege mich spürbar, denn mein hartes Teil drückt gegen ihren Bauch, was sie zu dem Kommentar veranlasst, was Peter und ich doch für perverse Schweine seien, ein braves, unschuldiges Schulmädchen ranzunehmen.

„Zu züchtigen!", korrigiere ich und es folgen die ersten Schläge mit der flachen Hand. Ich gehe gemäßigt vor, nicht zu feste, aber gleichmäßig. Links … rechts auf ihre entzückenden Prachtbacken, die sich ob der ungewohnten Behandlung zusehend röten. Zunächst zuckt Nina, anscheinend erregt sie die erniedrigende Behandlung sehr, das Wort Züchtigung ließ sie aufstöhnen, doch je länger ich leicht schlage, umso ruhiger wird sie. Peter ist erstaunt, er hat mit mehr Widerstand gerechnet oder Gezeter, doch nichts davon passiert. Ich erreiche das, was ich vor hatte, Nina in die Welt des zarten Lustschmerzes einzuführen.

Nach einer ganzen Weile verlängere ich die Abstände zwischen den einzelnen Schlägen, dafür aber werden sie härter. Als sie sich dann doch zu wehren und zu zappeln beginnt, frage ich streng nach: „Wer hat vorhin die Eiswürfel fallen lassen? Und jetzt keine Ausreden mehr, sonst setzt es richtig was!"

Als keine Antwort kommt, folgen zwei feste Schläge, links und rechts!

„Ich, Herr Lehrer", beeilt sie sich nun doch zu sagen. Ich lege eine Pause ein, streichle ihr sanft den Po und frage nach:

„Was hattest du dir erlaubt, Schülerin?"

„Ich hatte absichtlich den Eiswürfel fallen lassen."

„Warum?"

Und wieder klatscht es laut auf ihren Hintern. Plötzlich entdecke ich, wie sich Alexa an den Türrahmen gelehnt hat und uns mit leuchtenden Augen zusieht. Ihre Hand ist unter ihrem roten Lackkleid und ich sehe, wie sie sich zwischen den Beinen reibt. Gier und Verlangen stehen ihr ins Gesicht geschrieben.

„Und du pass auf, wenn du nicht willst, dass dir Gleiches passiert, Luder!", rufe ich ihr zu. Oh ja, ich bin in meinem Element.

„Ja, Herr Lehrer, antwortet sie erschrocken und zuckt zusammen, und dann: „Oh mein Gott …!"

Nina hat kurz den Kopf gehoben. Ist es ihr peinlich, dass ihre beste Freundin sie so sieht? Um sie zurück zu holen, setzt es direkt noch zwei Schläge.

„Antworte, Göre! Haben dir deine Eltern nicht beigebracht, dass man immer brav und gehorsam sein soll?"

„Ich wollte Sie provozieren, Herr Lehrer", schreit Nina nun hervor, anscheinend überkommt sie nun doch plötzlich so etwas wie eine leichte Panik. Ich lockere meinen Griff um ihre Hüften und sie atmet dankbar durch. Dann jedoch führe ich ihr unvermittelt zwei Finger von hinten ein und beginne sie augenblicklich sehr hart zu fingern. Doch nur kurz. Es soll ein weiterer Schreckmoment sein, denn nun bewege ich mich ganz zärtlich in ihr, streiche auch zum Kitzler, reibe ihn sanft und sage mit leiser Stimme:

„Und was lernt ein Mädchen daraus?"

„Ich werde das nie mehr wieder tun, Herr Lehrer."

„Und stattdessen?"

„Alexa, her zu mir!", ruft Peter plötzlich und legt ein Sitzkissen zu seinen Füßen. „Zeig mir was du eben bei Michele gelernt hast. Beweise mir, dass du eine gute Schwanzlutscherin bist!"

Bravo, Peter, denke ich, genau so! Denn augenblicklich kommt die schöne Frau seiner Anweisung nach, kniet sich zwischen seine Beine und nimmt sich seinen Riemen vor.

„Mach ihn mir ordentlich hart, denn wir wollen gleich vögeln! Rolando und ich", fügt er bei. Von drinnen hören wir Michele kurz aufschreien. Costanza muss zurück und bei der Arbeit sein, auch Carina hören wir.

„Und stattdessen?", wiederhole ich und erhöhe das Tempo in Ninas Spalte. Schon hat sich die glitschige Nässe in eine wässrige gewandelt.

„Stattdessen will ich immer folgsam und gehorsam sein, Herr Lehrer und alles tun, was Sie von mir verlangen. Ich will die Versetzung in die nächste Klasse unbedingt noch schaffen."

„Dann streng dich auch an, Göre", rufe ich, ziehe meine Finger aus ihr heraus, gebe ihr zwei weitere feste Schläge auf die Pobacken und gleite zurück in ihren nassen Eingang. Und nun höre ich nicht mehr auf, sie zu fingern! Nina keucht, Nina schreit und Peter nimmt

Alexas Kopf in beide Hände, dreht ihn in unsere Richtung und grunzt erregt:

„Guck genau hin, was gleich passiert!"

Und Nina spritzt! Ihre Entladung ist so heftig, dass es regelrecht aus ihr hinaus schießt und mit einem ordentlichen Schwall auf den Steinboden klatscht. Peter hat Alexa die Träger des roten Lackkleides heruntergezogen und knetet ihr hart die Brüste. Doch plötzlich springt er auf, zieht seine Nina von meinem Schoß und zerrt sie zum Terrassen-Esstisch. Dort hat sie sich vornüber zu beugen und er führt ihr ohne Vorwarnung seinen Schwanz von hinten ein. Nina juchzt. Vor Erschöpfung und gleichzeitig vor Lust. Und lässt sich penetrieren.

13. Kapitel

Erstunterricht

Ich bin maßlos erregt, Peter hat das richtig gut gemacht. Ich winke Alexa zu mir, sie ahnt wohl was
ich jetzt mit ihr vorhabe und hilft mir, meine Hose ausziehen. Hart ragt er hervor, mein Pfahl, dann zieht sie
sich das enge Kleid hoch bis über die Hüften und setzt
sich von sich aus, ohne, dass ich etwas sagen muss,
langsam und bedächtig auf meinen Schoß. Mit einer
Hand hilft sie etwas nach, ihn gut zu positionieren und
in sich aufzunehmen, sodann beginnt sie, mich vorsichtig zu reiten. Und ich will jetzt auch ihre Brüste.
Genüsslich ziehe ich ihr das Lackkleid weiter herunter,
und entblöße sie oben herum komplett. Endlich habe
ich die Gelegenheit, mir ihre festen Halbkugeln richtig
vorzunehmen, jetzt, da sie im Takt der Stöße aufreizend
mitschwingen.

„Das war so geil, Roland", stöhnt sie. „Was du eben
mit Nina gemacht hast. Ich dachte die ganze Zeit nur
eines: Genau das will ich auch! Und zwar von dir! Ich
finde dich sehr sexy. Und besonders gut hat mir gefallen, als du richtig streng zu Nina wurdest. Ich stand
nämlich schon eine ganze Weile an der Tür und hab
euch zugesehen. Es hat mich total angemacht."

Alexas Kompliment erfreut und erregt mich gleichermaßen.

„Na komm, zeig's mir, du Luder! Ich will dich
schreien hören!", keuche ich, denn all die Geilheit der

letzten Stunde sehnt sich nach Entladung. Ich sehe plötzlich auch in Alexa Potenzial und frage mich, warum Carlos sie nicht schon längst dort hin geführt hat. Aber wahrscheinlich ist es so, wenn man schon lange verheiratet ist … einen sehr geliebten Partner kann man nicht einfach, zumindest nicht von heute auf morgen, plötzlich anfangen, zu schlagen und weh zu tun, auch wenn dieser es sich wünscht und ersehnt. Auch nicht als Rollenspiel, so wie ich eben mit Nina.

„Du möchtest das auch, Alexa?", frage ich nach und knete ihr fester die Brüste, nehme mir nun auch die dunklen, hart abstehenden Nippel vor. Langsam beginne ich sie zu zwirbeln, erhöhe nach einer Weile den Druck. Doch anstatt Aua! zu rufen, stöhnt Alexa nur noch lauter. „Was genau möchtest du denn? Sprich!"

„Ja, ich will das, Rolando! Ich will, dass du mich auch streng behandelst, mich schlägst und mich fickst! Schon seit Ewigkeiten habe ich diese Fantasien, und heute … habe ich das zum ersten Mal live gesehen!"

„Du willst eine richtig heiße Stute sein? Eine Schlampe?"

„Ich bin eine geile Schlampe, Roland! Schon immer bin ich das. Meine heißen Fantasien habe ich schon seit ich 15 oder 16 bin, habe alle versauten Bücher gelesen, die ich damals kriegen konnte, aber alles heimlich. Doch seit ich Nina und Peter kenne, verändert sich was in mir, ich will es nun endlich auch leben, und zwar mit allen Sinnen!"

„Dann streck deine Titten raus!", befehle ich. „Biete sie an! Biete sie mir an!"

Sie schluckt und muss kurz husten, diese Anweisungen sind es, diese völlig versauten Anweisungen, sie liebt es! Ich ahne es. Sie drückt den Rücken durch, zieht die Schultern nach hinten und streckt mir soweit es geht ihre Brüste entgegen. Gut sehen sie aus, verdammt gut, und ich beginne mich und mehr und mehr an ihnen aufzugeilen. Ich genieße diese wundervolle Darbietung und küsse sie, lecke an ihren Vorhöfen entlang und umkreise mit der Zungenspitze die harten Nippel, sauge sie zart. Dann fester. Alexa gefällt diese Behandlung. Sie wirft ihren Kopf zurück und stöhnt lüstern vor Gier.

„Härter ficken!", raunze ich sie unvermittelt an. „Los, zeig mir, wie geil du bist! Stütz dich an meinen Schultern ab, und lasse deine Titten wie Glocken hängen!"

„Allmächtiger!", entfährt es ihr und macht, was ich ihr gesagt habe. Das scheint Nina anzutörnen, denn Peter hat seine Frau so gedreht, dass sie uns beim Vögeln zuschauen kann. Unsere Blicke treffen sich und wir müssen beide grinsen. Vor Lust, vor Geilheit. Sie weiß, dass für ihre Freundin in diesem Moment ihr Weg der versauten Lüste beginnt. Nina bekommt mit, dass wir uns ‚unterhalten', und auch, wie Alexa von Minute zu Minute hemmungsloser wird. Sie bekommt mit, dass ich auch ihrer Freundin gut tue. Sie nickt mir zu, ich sehe und erkenne ihren Respekt, auch ohne Worte verstehen wir uns. Als Peter dann noch fragt: „Na, gefällt dir, wie Roland deine beste Freundin durchvögelt?", da bekommt sie einen extrem wilden Orgasmus.

„Ja, das macht mich unendlich geil, zu sehen, wie Alexa von Roland rangenommen wird!", schreit sie.

Alexa stöhnt fast ununterbrochen, und ich zupfe ihr die dicken Nippel, ziehe ihr sachte die Titten lang. Und plötzlich und unerwartet bekommt sie von mir links und rechts auf die Brüste je einen Schlag! Sie schreit auf, windet sich.

„Und dann?", frage ich.

„Was und dann?"

„Das weißt du genau! Was hat Nina dir geraten, Schlampe?"

Alexa antwortet mir stammelnd: „Dann … dann hat Nina mir geraten, dass ich … dich heute unbedingt näher kennen lernen soll, dass ich mich an dich wenden soll, bei dir sein soll, wenn du geil bist und dann schauen soll was passiert, ja … ja, und dass ich meine Titten einsetzen soll. Das hat sie gesagt. Und dass du ganz bestimmt auf mich stehen wirst, weil ich genau dein Typ bin. Ich soll mich an dich ranmachen."

„Und du?"

„Ich … ich … ich hab gesagt, dass ich das unbedingt will!"

„Und Carlos, dein Mann? Was sagt der dazu?"

„Der will das auch!"

„Stimmt das auch, Luststute?"

„Ja, Roland, das stimmt! Nina hat gesagt, dass du Peter nicht die Frau ausspannen willst, und ganz bestimmt mich auch nicht dem Carlos, sondern dass es dir einzig um die Lust geht. Und um Freundschaft!"

Ich spüre, dass das die Wahrheit ist, das sind Ninas Worte, die aus Alexa heraus sprudeln.

„Ich will mitmachen, Roland, zusammen mit euch dreien. Und zusammen mit Carlos. Dann sind wir zu fünft. Drei Männer und zwei Frauen! Das macht mich tierisch an. Und ihr könnt mich immer benutzen, wann immer ihr es wollt. Jeder von euch. Und du … du wirst uns alles beibringen, Carlos und mir. Nur so kann das funktionieren, und nur so ist es richtig! Stimmt doch, oder?" Das stimmt! „Ich will eure Schülerin sein, eure heiße … Novizin, eure … Zofe, oder wie man sowas wie mich dann nennt. Ich mache alles für euch. Alles!"

Aufgeregt nimmt sie meinen Kopf in beide Hände, zieht mich zu sich hin und küsste mich lüstern ab. Überall ist ihre Zunge. In meinen Mund auf meinen Lippen, an meinem Ohrenmuscheln, sie stöhnt hinein, leckt mich ab, gerät in Rage und keucht weiter: „Willst du mich benutzen Roland, hm? Willst du das, ja?" Noch etwas, das Nina ihr über mich verraten haben muss. „Mich benutzen?", wiederholt sie sogar noch. „Ich will das, denn ich liebe dieses verdorbene Wort, das trifft es gut, wie ich mich fühle. Wie eine Nutte, die benutzt wird, um dich aufzugeilen. Na los, geil dich an mir auf! Nimm mich!"

Es ist kaum zum aushalten mir ihr. Roh fahre ich ihr unter die Arschbacken, hebe sie an. Um einen besseren Stoßwinkel zu bekommen und dringe so tief in sie hinein wie möglich. Sie ist herrlich eng, warm und feucht. Mit ihr zu vögeln ein Traum, Alexa gefällt mir wirklich. Auch, wie sie mich jetzt ansieht, mit ihren unglaublichen, ja unwiderstehlichen Augen, ein wenig entrückt ihr Blick, die Lippen ein wenig angeschwollen

188

und geöffnet. Wild hängt ihr das Haar ins Gesicht, Alexa wirkt wie entrückt.

„Ja, das will ich! Dich benutzen. Und nicht nur einmal, sondern immer wieder. Heute Nacht und dann danach geht es weiter mit uns zwei, mit uns fünf. Das will ich auch, Alexa."

Ich ziehe ihr die Arschbacken auseinander und streiche mit mehreren Fingern durch ihre Furche und auch über die Rosette. Eng ist sie.

„Hat man dir schon mal den Arsch versohlt?"

„Was? … Huch! Nein …. Noch nie."

„Hast du schon mal gespritzt?"

„Nein … auch noch nicht."

„Bist du schon mal in den Arsch gefickt worden?"

„Ähem … nein, auch das noch nicht."

Mit jeder neuen Frage habe ich ihr meinen Stab so tief es mir möglich ist, hineingestoßen. Alexa ist fast dem Heulen nahe, so sehr nimmt sie die ungewöhnliche Befragung mit, während sie immer wieder kurz und hart von mir gestoßen wird.

„Du gefällst mir sehr, Alexa", sage ich sanft und lasse sie wieder aufrecht sitzen, entziehe meine Hände unter ihr. Ich streiche ihr durchs Haar und über den Rücken. „Du bist offen, ehrlich und vor allem sehr neugierig."

„Ja?", kommt es zaghaft, und sie hebt den Kopf. Ich verharre in ihr, bewege mich nicht mehr und dann … küsse ich sie. Sie schlingt ihre Arme um meinen Nacken und küsst auch mich. Innig, gefühlvoll.

„Höre, Alexa, was ich nun sage. Sieh mich an!"

Ängstlich blickt sie mir in die Augen, ihr Make up und Lidschatten sind völlig verschmiert. Ich muss grinsen, aber dies liebevoll.

„Weißt du, wie du aussiehst? Wie die letzte Schlampe!"

Nun lacht sie auf, denn völlig unerwartet kommt meine ehrliche Feststellung. Doch dann gebe ich ihr wieder einen kurzen Stoß mit meinem Schwanz. Augenblick ist sie still und starrt mich an.

„Alexa, wir werden dich als unsere Novizin annehmen! Unter der Obhut von Carlos. Er muss und er wird in alles eingeweiht sein, und ohne seine Zustimmung geschieht gar nichts! Hast du das verstanden?"

„Ja … Roland, das habe ich verstanden", antworte sie, und dies sogar im ganzen Satz. Ich werfe einen Blick zu Nina. Die beiden haben eine Pause eingelegt, beobachten uns, unterhalten sich ebenfalls, aber dies sehr leise, doch Peters Riemen steckt nach wie vor in ihr, nur bewegt er sich nicht mehr, genau wie ich. Spannung steht in Ninas Gesicht geschrieben, sie verfolgt alles genau, wirkt konzentriert.

„Schlagen und ficken lautet die Devise. Bist du dazu bereit?", setze ich meine Befragung fort.

„Oh ja, das bin ich! Und wie ich das bin."

„Heute allerdings einmal anders herum, erst ficken dann schlagen. Jetzt vögeln wir. Ist das richtig?"

Alexa wird es noch lernen, meine mitunter völlig absurden Fragen zu beantworten. Jetzt jedenfalls schaut sie mich fassungslos an, sagt nichts. Ich ergänze ausnahmsweise den Satz selber: „Und später, also nachher noch, bekommst du deine erste Einweisung ins Schlagen! Beziehungsweise ins geschlagen werden."

„Ahhh …! Wie doof von mir! Bitte entschuldige, ich hatte eben völlig das Brett vorm Kopf."

„Ist nicht schlimm. Nur … leider erhöht das die Schlagzahl. 24 Schläge auf den nackten Arsch!", entscheide ich mit lauter Stimme.

Sie zuckt zusammen. Auch Nina hat diese Zahl mitbekommen, enthält sich aber wohlweislich eines Kommentares, denn sie ahnt, dass ich nur darauf lauere, sie zu bezichtigen, dass sie vorlaut sei. Nach einer Weile blicke ich ihr direkt in die Augen und nicke ihr zu. Gut gemacht, Nina, sprechen meine Augen, und ihr keckes Grinsen kehrt augenblicklich zurück, denn ich hatte tatsächlich mit einer vorlauten Schülerinnenbemerkung gerechnet.

„Los, Schlampe, weiterficken!" höre ich in dem Moment Peter zu Nina sagen. Sehr gut, denke ich, Peter macht sich. Carlos wird das auch schaffen, da bin ich mir ganz sicher, und freue mich schon jetzt auf uns fünf. Ein Quintett. Überhaupt … Carlos, er ist derjenige, der mich bislang am meisten überrascht von den männlichen Gästen. Obwohl er ein wenig bärig wirkt und tapsig, handelt er überaus souverän, weiß seinen dicken Schwanz sehr gut einzusetzen und gierige Mösen und Mundfotzen, wie er es ausdrückt, zu bedienen. Er macht weder Show noch Theater, brüllt nicht herum oder bölkt und schreit, nein, er steckt dort sein mächtiges Glied hinein, wohin es ihn beliebt. Willkommen sind wir alle, und das nutzt er sehr gut aus, finde ich.

Schon merkwürdig, denke ich, ist es nicht für ihn und Alexa das erste Mal? Oder doch nicht? Unaufgeregt und überaus erfolgreich bringt er sich ein und die Damen in Stimmung. Ein Grund mehr, auch seine Gattin, Alexa, ordentlich auf Trab zu halten.

„Hast du gehört, was Peter gesagt hat? Weiterficken, Luder! Also beweg deinen Arsch!", herrsche ich die erschrockene Alexa an.

„Himmel! Du machst mich jetzt schon fertig, Roland. Wo soll das nur enden?"

„Dass du meinen Schwanz in deinem süßen, rotgeklopften Arsch empfängst und spritzt, Süße!", sage ich und gebe ihr einen Kuss. Ergänze aber noch: „Und dass Carlos all dies auch mit dir unternimmt. Denn auch sein dicker Schwanz wird da eines Tages hineinpassen. Vertrau mir. Und Peter wird das auch mit dir machen. Und jetzt: Kopf aus und ficken!"

14. Kapitel

Gier

Ich packe Alexa fest an die Hüften. Es bedarf ein wesentlich intensiveres Einfühlungsvermögen, um zu einem Orgasmus zu gelangen, was ohne Zweifel an der Sexpille liegen muss, die Ejakulation ist nicht so einfach herbeizuführen. Das überrascht mich jetzt zwar, aber ich möchte mich auch nicht bis zur Erschöpfung verausgaben, zumal mir die Position auch etwas zu unbequem geworden ist. Ich habe zu wenig Spielraum und mir fehlt auch eine engere, intensivere Reibung. Es trachtet mich nach einem Positionswechsel oder auch Frauenwechsel. Und Alexa? Ich spüre es doch, und tatsächlich, es dauert nur noch kurz und dann … dann trägt es sie zu einem sehr heftigen Höhepunkt. Woran sie dabei denkt, weiß ich nicht, sie hat die Augen geschlossen und reibt sich hemmungslos die Perle. Jetzt schreit auch sie, will mehr, doch mir geht langsam die Puste aus.

„Peter", rufe ich. „Bitte lass uns tauschen, besorg du es der Novizin hier, während ich mich an Nina gütig tue, mich an ihr vergehe."

Sanft doch bestimmt schiebe ich Alexa von mir und auch Peter entzieht sein Glied jetzt vollständig. Wir recken und strecken uns und ruhen uns dennoch ein paar Minuten aus. Jeder trinkt Wasser, viel Wasser, jeder spürt für sich nach und doch sehen wir uns mit noch immer leuchtenden Augen an. Zu wichtig war das eben Erlebte. Am liebsten würden wir uns wohl alle vier in die Arme nehmen und drücken und herzen, und es wäre auch richtig und angemessen, aber noch nicht der richtige Zeitpunkt, weil Carlos noch nicht mit im Bunde ist.

Ich bin gedanklich allerdings auf den Geschmack gekommen, dass ich jetzt gerne eine intensivere, engere Reibung hätte und blicke mich suchend um. Schließlich entdecke ich es, das Gleitöl, lächle Nina lüstern an, halte ihr die Tube entgegen und sie ahnt, was ich nun vorhabe mit ihr. Zu meiner Freude nickt sie bedächtig und ich sehe, dass ihre Augen sich weiten, dass das Bevorstehende sie erregt und sie es auch will. Sie beißt sich auf die Unterlippe, blickt auf meinen Harten, der unkontrolliert wippt bei jedem Schritt und schnurrt dann das mir so gut bekannte: „Rrrr …!" Ich will sie vorbereiten, nehme sie am Arm und beuge sie über den Esstisch. Doch sie stöhnt:

„Roland, keine lange Aktion, steck mir einfach deinen Schwanz hinten rein und fick mich endlich wieder in den Arsch! Genau das brauche ich jetzt, du genialer Gedankenleser. Auch wenn's zu Anfang ein bisschen weh tut. Ich will es so! Du willst dich an mir vergehen? Oh, du bist der absolute Wahnsinn, Geliebter. Du weißt nicht, was deine Worte in mir auslösen. Ich zerspringe gleich vor Gier. Tu es! Jetzt sofort. Vergehe dich an mir, denn ich war ein sehr unartiges Mädchen."

Ninas unglaublich versauten Worte und Bekenntnisse lassen auch mich fast zerspringen, so rattenscharf werde ich mit einem Mal. Und das aus ihrem Munde. Die Frau, die ich so sehr mag und unendlich begehre.

Die Bluse steht schon längst offen und Ninas Brüste hängen und schlenkern zu meiner Freude frei in der Luft. Dennoch schmiere ich mir ein wenig von dem Silikonöl auf die pralle Eichel, reibe mir den Penis wieder richtig hart, dann setze ich sie an ihrem Hintereingang an. Kein Vorspiel, kein Vorweiten, kein Dehnen, nichts? Sie will es so? Sie soll es so haben! Dennoch bin ich natürlich vorsichtig, denn sie ist eng und das weiß ich auch. Langsam drücke ich ihr meine Eichel durch die enge Rosette und bin froh, dass ich ihn mir doch eingeölt habe.

„Huhhh …", keucht sie. „Das ist einfach nur irre, Roland! Aber bitte … mach doch lieber ganz langsam."

Peter hat derweil alle Sitzkissen auf den Boden gelegt und vögelt Alexa in der Missionarsstellung.

Kurz darauf kommt ihr Mann Carlos dazu, kniet sich neben sie und streichelt ihr zunächst die Brüste, dann das Gesicht und schließlich, als er sich mit der anderen Hand wieder hartgerieben hat, lüstern beobachtet von seiner Frau, gibt er ihr seinen Dicken in den Mund. Peter vögelt hart und scheint dasselbe Problem zu haben wie ich.

Vor und zurück habe ich mich durch Ninas enges Hintertürchen bewegt, jetzt ist sie ein wenig geschmeidiger geworden und langsam dringe ich immer tiefer in sie vor. Sie keucht, sie wimmert, sie schlägt leicht mit der Hand auf den Tisch. Ich verharre kurz, lasse sie mich spüren und bohre mich dann noch tiefer vor, ganz tief hinein. Genau so habe ich es gebraucht. So herrlich eng ist es um meinen harten Schaft herum, dass ich jetzt nur noch eines will: Sie kräftig ranzunehmen und mich in oder auf ihr entladen. Rosarot ist die Haut ihres entzückenden Popos durch meine Schläge, doch längst nicht mehr so knallrot wie vorhin, und plötzlich stöhnt sie:

„Fick mich durch, du geiler Lehrer! Fick dein unartiges Schulmädchen hart in den Arsch! Bitte, Roland! Sie hat Strafe verdient." Und ich mache es, erhöhe das Tempo und errege mich auch mehr und mehr an dem Bild, das sich mir bietet. Ist das geil! Ja, ich habe Ausdauer, keine Frage und stoße mit entschlossenen Bewegungen, doch urplötzlich spüre ich es, wie es in mir hochsteigt. Obwohl Nina sonst wo ist mit ihren Gefühlen und Empfindungen, bekommt sie es mit und röchelt fast: „Bitte nicht in mich rein. Wer weiß, wer da noch alles zu Besuch kommt heute."

Im letzten Moment ziehe ich ihn heraus und packe Nina, zwinge sie auf die Knie, halte sie am Kopf, drehe sie zu mir hin und wichse mich so hart, wie selten zuvor. Und da bricht es aus mir heraus! Endlich! Schub um Schub entlade ich mich, spritze sie an. Mein Sperma schießt auf ihre Brüste, ihr Gesicht und in die Haare.

Ich keuche, bin erschöpft, mein Herz rast und ich lasse mich auf einen Stuhl sinken. Zur Verwunderung aller hat Carlos sich erhoben und reibt sich vor unseren Augen den harten Kolben.

„Jetzt wo Ninas Hintereingang so herrlich vorgedehnt und vorgevögelt ist, will ich auch hinein. Darf ich?", fragt er Peter, der immer noch Alexa vögelt. Der antwortet japsend: „Jeder darf heute … hier … mit jedem … wann und wohin man will. Frag Nina."

Doch statt einer Antwort lehnt Nina sich zu meiner Überraschung erneut über den Tisch und bietet sich an. Auch Carlos ölt seinen dicken Schwanz ein, ist auch ein wenig verblüfft, mir scheint, er hat nicht zwingend mit einer positiven Antwort für sein Begehren von Nina gerechnet, ebenso wenig wie ich. Er tritt dicht an sie heran, positioniert sich. Sie will! Vorsichtig setzt er die Eichel an, bahnt sich unendlich langsam seinen Weg.

„Oh nein!", keucht Nina, „das gibt's doch nicht!"

Und Carlos scheint baff zu sein, zieht die Augenbrauen hoch, denn plötzlich ist er in sie eingedrungen. Zunächst nur mit der prallen Eichel, aber immerhin.

„Ja Wahnsinn", ruft der. „Endlich Analverkehr! Ist das geil!"

Ich schaue vorsichtig zu Alexa hinüber, die es tatsächlich schafft, mich anzugrinsen und mit den Schultern zu zucken, und plötzlich scheint bei ihr die Luft entwichen zu sein, denn sie flüstert Peter etwas ins Ohr. Der nickt und ich höre, wie er sagt:

„Ist okay, ich brauche auch dringend eine Pause."

In dem Moment schreit Nina das ganze Haus zusammen. Bekommt sie einen analen Orgasmus? Andere Partygäste kommen verschwitzt auf die Terrasse, kühle Getränke in den Händen und bekommen das finale Crescendo mit. Ninas Wahnsinnsorgasmus und Carlos primeros Entladung auf ihrem Rücken. Weit spritzt sein Sperma. Weit den Rücken hinauf auf die weiße Bluse und ebenfalls in ihr Haar. Das freche Schulmädchen hat es besorgt bekommen. Aber wie! *Con tutto*, denke ich, und doch bin ich noch immer scharf auf sie, denn sie sieht unglaublich heiß aus. In diesen Stiefeln, dem superkurzen, karierten Röckchen und der offenstehenden, weißen Bluse. Dazu von oben bis unten vollgespermt! Vorne und hinten, überall.

Erst jetzt habe ich Zeit, mich umzusehen. Inéz hängt lässig in einem Sessel, mir zugewendet. Sie lächelt mich an, hat ein Bein über die Armlehne gelegt, der Minirock ist hochgerutscht. Ihre Mitte weit geöffnet. In der einen Hand ein Glas Rotwein, mit der anderen masturbiert sie leicht, während Bernardo hinter ihr steht und ihr die Schultern massiert und dann auch ihre Brüste. Und was ich besonders interessant finde, ich entdecke Faszination in ihren Augen, in ihrem Blick der sich mit dem meinen trifft. Genüsslich betrachte ich sie mir, und tatsächlich öffnet das Luder in dem Moment den Mund, leckt sich über die Lippen, sieht mich an. Und spreizt sich doch tatsächlich mit zwei Fingern die Schamlippen auf, gewährt mir Einblick. Eine stumme Botschaft. „Na du? Hm?", höre ich ihre Stimme in meinem Hirn säuseln. Im nächsten Moment aber schon reibt sie sich weiter an der Klitoris. Verboten scharf sieht Inéz aus.

Ich schaue mich weiter um. Daniela raucht eine Zigarette, ebenfalls einen Rotwein in der Hand. Peter hält liebevoll Nina im Arm, die beiden reden leise miteinander. Carlos kümmert sich um Alexa, die mir jedoch ständig heiße Blicke zuwirft, die ich nur so deuten kann, dass auch für sie dieser denkwürdige Abend erst begonnen hat. Von Carina keine Spur, denn die ist anscheinend immer noch mit Iwanowitsch beschäftigt, drinnen. Ebenso wie Costanza und Michele.

Ich ziehe mich an und trete vor Nina und Peter. „Ich hole uns etwas zu trinken. Was darf es sein?"

„Wir kommen mit, Roland", antwortet Nina sehr bestimmend. „Denn ich muss euch beiden jetzt unbedingt was sagen, etwas sehr Schönes."

Peter hilft ihr, mit Zellstofftüchern all das Sperma wegzuwischen, so leid es Nina auch tut, doch der Abend ist noch jung, dies war erst die erste Runde und er knotet ihr im Anschluss sogar die Bluse zu. Peter hat sich ebenfalls wieder angezogen und barfüßig betreten wir zu dritt das Wohnzimmer. Außer natürlich Nina, die weiterhin ihre ‚Fick-mich-Stiefel' trägt und die Absätze über den Steinboden klackern lässt, was Musik in meinen Ohren ist. Ein seltsames Bild bietet sich uns dort. Iwanowitsch vögelt immer noch Carina, nun allerdings von hinten, sie über den Tisch gebeugt, ihre schweren Brüste schwingen sehr zu meiner Erbauung. Ich schaue ihnen eine Weile zu, mische mich aber nicht ein, obwohl ich Carinas Prachttitten gerne ein wenig geknetet hätte, dann folge ich Nina und Peter an die Bar. Das Klackern ihrer Absätze ist auch in Iwanowitschs Ohren Musik, denn er dreht sich zu Nina um, schaut ihr nach, wie sie an ihm vorbeistöckelt.

Dort hat Peter uns bereits etwas zu trinken bereit gestellt. Rotwein für Nina, Bier für ihn und mich. Sie schaut mit großen Augen dem vögelnden Iwanowitsch zu, dann nimmt sie Peter und mich in die Arme, drückt uns, herzt uns, küsst uns. Wir wenden uns von dem vögelnden Pärchen ab, drehen uns zur Veranda um.

„Jungs", sagt sie und ich spüre, dass ihre Stimme leicht brüchig ist, dass sie sehr bewegt ist. „Das was wir eben erlebt haben, war das Allerschärfste aller Zeiten für mich. Den Popo verhauen zu bekommen hat mich schon fast kommen lassen, das war einfach irre, was da in mir abging, was da in mir passierte. Nicht allein der Schmerz war es, der war sogar erträglich, doch fragt mich nicht, was in meinem Kopf los war, als ich übers Knie gelegt wurde. Ich! Das war der Wahnsinn! Und … mein Bedarf an Analverkehr ist gedeckt, das kann ich euch wohl sagen. Erst Roland mit seinem perfekten Arschfickschwanz, der es mir wahnsinnig hart und ausdauernd besorgte, dass ich schon kurz vor einem bis dahin noch nie erlebten Orgasmus stand. Und als dann nach der winzigen Pause Carlos primero seinen echt dicken, fetten Apparillo in meinen geweiteten Hintereingang geschoben hatte, also ein Mann nach dem anderen mich in den Arsch fickte, explodierte etwas in mir, so dermaßen ausgefüllt zu werden das war tatsächlich das Crescendo." Ich bin überrascht über Ninas total versaute, aber auch sehr ehrliche Wortwahl und Peter guckt ein wenig pikiert, doch Nina küsst ihn und sagt leise: „Für heute, mein Liebster. Und wenn es dich beruhigt, kein anderer wird mich heute Nacht mehr in diesem Ort besuchen. Doch nun, ich will es euch einfach sagen. Ich will, dass ihr euch die ganze Nacht und den morgigen Vormittag so lustvoll und geil austobt, wie ihr es braucht und möchtet und mit wem ihr möchtet. Fickt mit allen Mädels. Küsst sie, leckt sie, fingert sie, knetet ihre Titten durch, lasst sie schreien und spritzen! Macht mit ihnen was ihr wollt, und was sie wollen. Ihr seid meine beiden Männer, ihr könnt alles machen. Alle sind so geil, und das war erst die erste Runde. Es geht bestimmt noch weiter und wird immer hemmungsloser. Alle Frauen sind heiß auf euch, alle wollen mit euch vögeln. Das weiß ich."

Sie trinkt einen großen Schluck Rotwein und ich kann nur stumm den Kopf schütteln.

„Wahnsinn!", entfährt es mir dann doch. Nina aber setzt fort, scheint ebenfalls nun ein wenig entrückt zu sein.

„Und auch ich will mit allen und jedem rummachen, der mich haben will, solange bis ich satt bin, bis ich nicht mehr kann. Ihr beide könnt mich jederzeit und immer haben und mitmachen, egal, mit wem ich zusammen bin. Bitte keine Scheu mehr, Roland, versprich mir das. Der Anfang war ehrlich gesagt ein kleiner Schock für mich, doch nun ist alles gut. Ihr beide könnt mir, wann immer ihr wollt, unter meinem Rock rumfummeln meine Brüste rausholen, und alles mit mir machen was ihr wollt. Eure Schwänze herzeigen, mich als Onaniervorlage benutzen, mich anspritzen, mir Befehle erteilen, mich zum Ficken schicken, oder mich den Kerlen anbieten und vorführen. Seht und benutzt mich als die Eure!"

„Huuu …!", macht Peter und trinkt einen Zug Bier.

Ninas Augen sprühen und glänzen vor Wollust. Rasch muss auch sie etwas trinken, ihre Gier macht mich sprachlos, sie reißt mich aber auch mit. Sie leckt sich mit der Zunge über die Lippen, schwebt offensichtlich irgendwo zwischen Wunschdenken und sexuellem Wahn, dann setzt sie ihr Kopfkino fort:

„Was macht mich das rattig, Jungs! Allein die Vorstellung, dass die anderen Kerle sich an mir aufgeilen können. Dass sie scharf auf mich werden und mich rannehmen wollen, lässt mich jetzt schon tropfen!"

Nina stöhnt laut und lustvoll auf und schüttelt sich vor Wollust. Gänsehaut überzieht ihren Körper. Das ist ihr innerstes, geheimes Kopfkino? Das was sie unendlich erregt? Wahnsinnig erregend finde ich es, und mich erreicht es und macht mich fast zum Verrücktwerden an. Und hätte ich nicht eben erst so unglaublich heißen Sex gehabt, mein Schwanz würde jetzt knüppelhart in meiner Hose stehen! Doch plötzlich wirkt sie nachdenklich, nippt abermals an ihrem Rotwein.

„Was ist?", frage ich. Und sie antwortet abwesend:

„Und wisst ihr, was ich mir da am liebsten gewünscht hätte? Eine Maske. So eine venezianische Halbgesichtsmaske aus dünnem, filigran geformtem Metall. Hinter der ich mich und meine Lust verstecken könnte, inkognito wäre. Versteht ihr, was ich meine?"

„Oh ja, grinst Peter, „Venedig, ich erinnere mich sehr gut an unsere Reise vor ein paar Jahren. Was hatten wir da nicht alles erlebt. Damals wolltest du dir schon so eine Maske kaufen, in einer der Seitenstraßen vom Markusplatz."

„Venedig …", steige ich mit ein in ihre Schwärmereien. „Eine wundervolle, bezaubernde Stadt. Mag ich auch sehr, würde ich gerne nochmal hin."

„Ich auch!", nickt Nina und lächelt nun wieder und meint: „Und mit einer solchen Maske von euch beiden

202

vorgeführt und angeboten zu werden, dass wär echt mein Traum und das Allergeilste. Die Popohaue von Roland war schon ein Hammererlebnis für mich und der Arschfick danach dann der Gipfel. Ich bin völlig high!"

„Das merkt man!", grinse ich und bin auch gleicher-maßen verblüfft. Mit einer solch intensiven Geschichte und Gespräch habe ich wahrlich nicht gerechnet. Nina offenbart sich uns regelrecht. Und doch ist da auch die-ses unglaubliche Vertrauen, die Zuneigung die wir ver-spüren. Füreinander, miteinander da zu sein und die Welt zu erleben.

Wieder legt sie eine Pause ein, trinkt und fährt dann fort: „Mein geliebter Peter, ich liebe dich bis ans Ende der Welt, dass du mir das heute ermöglicht hast, und du Roland, bist mir der zweitliebste hier! Ich weiß, dass alle Typen mit mir vögeln wollen, und ich will sie alle! Ich will Schwänze, Schwänze, Schwänze!"

„Ich weiß, mein Schatz", nickt Peter. „Und du sollst sie alle haben. Ich sagte dir doch, dass du heute durch-gevögelt wirst, wie noch nie im Leben. Also mach es! Heute ist die Gelegenheit dazu!"

„Oh Liebster!", stöhnt sie, doch dann sieht sie mich an. „Und du Rolando, ich glaube du hast deinen dritten sehr willigen heißen Fan hier auf Ibiza gefunden, nach mir und Carina: Alexa! Doch nun schnapp dir auch noch die anderen Weiber. Besonders die versaute Inéz, das heiße Luder! Ich habe doch schon genau mitbe-kommen, wie scharf du sie findest. Ihre Titten und vor allem: Ihren Arsch! Hm? Habe es auch schon längst ge-merkt, dass Inéz dich mehr als interessant findet. Das heiße Stück hat sich die Möse gerieben und dich währenddessen beobachtet. Wie du mich fickst, mein Schatz. Weißt du das?"

„Ja, ich habs gesehen, du meine Klassenbeste. Inéz hat mir ihre Ritze hergezeigt und angeboten und sich dabei gierig über die Lippen geleckt und sich von Bernardo die Brüste kneten lassen und die Schultern massieren. Der alte Frauendieb!"

„Hehe …", grinst sie mich an, „das hat dir wohl ein wenig zugesetzt, was? Aber ich sag die was: Der Bernardo ist Inéz völlig wurscht, und das spürt er genau. Sie ist es, die ihn benutzt, scharf aber ist sie auf dich, Rolando, das verspreche ich dir auf die Hand. Dieser Blick, mit dem sie dich angesehen hat … den kenne ich nur zu gut. Da steckte echtes Verlangen drin und auch ganz viel Neugierde."

„Meinst du wirklich?", frage ich skeptisch nach, denn solch eine Frau wie Inéz, so dermaßen attraktiv, im Grunde unerreichbar für mich, die hätte ich mich nie getraut, sie anzusprechen, auf offener Straße. Doch nun, hier heute Nacht? Da sieht es wohl tatsächlich alles ein bisschen anders aus.

„Ja, ganz bestimmt. Ich werde die Frauen weiter heiß auf euch beide machen, verlasst euch drauf. Macht es! Knetet all die geilen Titten durch, Jungs, ich will dass ihr alles vögelt, was euch vor eure Lanzen kommt!"

So dermaßen vulgär habe ich Nina auch noch nicht gehört. Sie muss wirklich völlig high sein von dem, was hier heute Nacht passiert.

„Das machen wir doch gern!", grinst nun auch Peter, ebenfalls noch immer recht überrascht und auch verdattert über die zügellosen Ausbrüche und Vorschläge seiner Frau.

Sie keucht auf bei ihren eigenen so dermaßen verdorbenen Sätzen, muss einen weiteren Schluck Rotwein trinken und wiederholt einen ihrer letzten Gedanken: „Und ich weiß natürlich sehr genau, dass auch alle Typen scharf auf mich sind. Ich sehs an ihren Blicken, wie sie mir auf die Brüste gieren, wie sie mir offen in den Ausschnitt starren, und wie sie nicht anders können, als immer wieder hineinzufassen. Iwanowitsch, der ist von Anfang an scharf auf mich, hat mir direkt als er hereingekommen war schon ins Ohr geflüstert, dass er mir heute Nacht so oft es geht unters Röckchen fassen und sich seinen nimmermüden Schwanz an meinem Schenkel reiben will, solange, bis ich ihn rein lasse. Ständig will er, dass ich ihn befühle. Alle sind sie scharf auf mich, die ganze Nacht wird das so gehen. Ja, und ich will sie auch alle! Und ganz besonders will ich heute Michele. Doch das braucht wohl noch ne Weile. Der ist jetzt fest im Griff seiner Femdom, Costanza. Und die wird ihn so schnell jetzt nicht mehr hergeben. Sei es drum. Wenns ihr Ding ist, sie beide es so brauchen … Ich fühle mich wie die Sexkönigin der Nacht."

„Verdammt Axt!", keucht Peter auf.

Gleichzeitig trinken er und ich einen großen Schluck von unserem Bier. Ninas Vortrag ist an Geilheit nicht zu überbieten. Und doch war auch das noch nicht alles.

„Alle Weiber wollen Sex, falls es euch beruhigt und meine Gier jetzt ein wenig überraschend rüber kommt. Und vor allem aber: Alle Frauen wollen auch mit euch vögeln. Genau so, wie wir es uns ausgemalt und erträumt haben. Keine zickt, alle sind gierig und willig. So wolltet ihr es doch. Und so will ich es auch. Und dass ihr mich nicht vergesst. Sondern mich immer nehmt, wegschleppt oder sonst was mit mir anstellt, was ihr auch immer wollt. Ja? Versprecht ihr mir das?"

„Ja!", antworten wir wie aus einem Mund.

„Das ist die Nacht der Nächte, Jungs! Für mich, für euch, für uns alle, denn alle sind so heiß wie ich. Frag nicht lang, Roland, hier geht's nicht um Konversation, das hast du anscheinend immer noch nicht recht verstanden. Hier geht's nur um das Eine. Wenn du scharf auf Inéz bist, so geh hin zu ihr, zieh ihren Kopf zu dir heran, küss sie und dann befummel sie auch sofort. Sie lässt sich ficken! Hundertpro und auf der Stelle, dort wo ihr seid. Na, was sagt ihr?"

Was wir sagen? Wir starren sie an und nicken stumm, zu unglaublich sind ihre Worte, sie peitscht uns hoch, bringt das Animalische hervor, dann bricht es aus mir hervor:

„Genau so will ich es. Alexa hat mich unglaublich erregt, das war absolut heiß. Und so kann es gerne weitergehen. Inéz macht mich auch wahnsinnig. Sieht die heiß aus in ihrem kurzen Röckchen. Sie sieht traumhaft gut aus. Ein echter Hingucker!"

„Und Costanza?", fragt Peter nach uns grinst mich an.

„Die wird für die Frechheiten ihres Mannes herhalten müssen, dass verspreche ich euch nun auf die Hand. Aber noch nicht jetzt. Erst wenn sie mit Michele durch ist. Denn ich sag euch was, tief in ihr schlummert da noch eine ganz andere Seite, als die der herrischen

Femdom. Und diese andere Seite, die interessiert mich, da greife ich später an."

„Sehr gut, Roland!", nickt Peter und prostet mir zu. Wir trinken beide einen langen Zug.

Nina aber lächelt mich an, nickt, dann sagt sie nachdenklich:

„Ihr beide seid es, die mir dieses einmalige Erlebnis bescheren, und dafür werde ich euch ewig dankbar sein. Und wenn alles vorbei ist, dann feiern wir drei unser alleiniges, ganz privates Fest. Wollen wir es so machen?" Ja, das wollen wir! Wir drei sind uns einig, wie man sich einiger nicht sein kann, wenn es um die Lust, die Gier und die Hemmungslosigkeit geht.

Mit auseinander gestellten Overkneestiefeln steht Nina zwischen uns, an den Tisch gelehnt. Ich kann nicht anders, ich muss das in die Tat umsetzen, was sie mir eben gesagt hat. Ich muss Nina unter den Rock fassen und sie fingern. Und augenblicklich stimmt Peter mit ein. Er küsst seine Frau gierig, nein, er leckt sie förmlich ab, und knetet ihr die Brüste. Klatschnass ist unsere kleine Luststute. Das war wohl auch für Peter die schärfste Bekenntnisrede aller Zeiten, ich hatte gesehen, dass er ein paar Mal schlucken musste währenddessen, dann aber genickt hatte. Ihr eigener Vortrag hat sie fast von alleine kommen lassen. Dick sind ihre Schamlippen geschwollen, dick steht auch ihre Perle hervor, ich quetsche ihr leicht die Möse zusammen, will Nina weiter erleben. Wie sie sich das holt, wovon sie eben gesprochen hat. Mich hat sie auf jeden Fall erreicht, mit ihren Wünschen und Vorstellungen. Und beschließe: Ich will alle Frauen!

Und genauso muss es Nina gehen, sie hat sich mit ihren eigenen Worten dermaßen in Rage geredet, dass sie der nächste Orgasmus durchschüttelt, Peter und ich haben sie allein durch unser Fingerspiel dazu gebracht.

„Und jetzt, ihr Lieben. gucke ich mich mal ein wenig weiter um in unserem Haus, was noch so los ist", lacht sie und füllt sich erneut das Glas mit Rotwein. „Ich gehe los, meinen Plan in die Tat umsetzen. Mal sehen, wer als nächstes mit mir vögeln will und dies auch tut. Wen ich mir schnappe." Dann küsst sie uns beide noch einmal innigst und wild und wendet sich dem seltsamen Bild zu, das in diesem Zimmer etwas abseits vorherrscht.

Peter und ich blicken uns ein wenig sprachlos an, schweigen aber, sehen gemeinsam durch die weit aufgezogene Verandatür hinaus. In den Garten und weiter runter zum Pool, der natürlich bestens in Szene gesetzt und illuminiert ist.

Beide hängen wir unseren Gedanken nach, was wird heute Nacht noch alles passieren, was wird geschehen?

Ende Band ll

Vorschau auf Band lll
der Ibiza-Hotlove Erotikreihe
Sommernachtsparty

Es ist Peter, der sich ein weiteres, heißes Spiel ausgedacht hat. Wir sechs Männer müssen uns nackt ausziehen und den Damen zu einem höchst bizarren Spiel zur Verfügung stehen. Peter nennt es das „Schwanzlutsch-Ratespiel". Die Frauen müssen uns der Reihe nach lustvoll oral verwöhnen, und wir Herren später erraten, wer es war, die es uns letztendlich final besorgt hatte. Das Problem dabei ist nur, dass wir Kerle Augenbinden ungelegt bekommen haben, und somit natürlich nicht sehen können, welche Lippen gerade am Zug, beziehungsweise höchst unsittlich im Einsatz sind. Das ganze soll draußen stattfinden am Swimmingpool. Zuvor aber stehen wir zur Überprüfung noch im Salon bereit und werden höchst unanständig begutachtet.

Die Luder scheuen sich nicht, sich auch verbal auszutauschen und geraten mehr und mehr in einen heißen Lustrausch. Und anscheinend können sie auch teilen, denke ich nun wieder. Können sich zusammen im Kollektiv erfreuen und erspaßen, so wie jetzt, in diesem Moment. Sechs Männer, denen die Augen verbunden sind, mit denen sie fast machen können, was sie wollen, lässt sie, so spüre ich es jedenfalls, in eine Art Gemeinschaftsrausch gelangen. Da passiert etwas bei den Mädels. Oft sind zwei oder drei Frauen gleichzeitig an mir dran, streicheln, kraulen, lecken und küssen mich. Auch langen sie schamlos hin, befummeln und untersuchen mich. Auch meinen Arsch und die Ritze lassen sie nicht aus. Wichsen mir den Schwanz. Obwohl, hierbei stelle ich doch große Unterschiede im Handbetrieb fest.

Und immer wieder dieses sirenengleiche Stöhnen in mein Ohr, manch eine mit versauter Wortwahl zwischendurch. Ich weiß nicht, wer mir ins Ohr flüstert, dass sie mit mir ficken will, oder wer doch so gerne diejenige sein will, der mein Schwanz zugelost wird. Ich weiß nicht, wer mir flüsternd sagt, wie geil sie mich findet, auf mich steht, mich haben will. Wer ihre Brüste an mir reibt und sich an mir aufgeilt. Wer mir zuflüstert, dass sie meinen Schwanz in sich haben will. Tatsache ist, er steht steif und hart. Der Pille sei Dank, denn etwas komisch ist mir schon zumute. Und dass ich nicht der einzige bin, dem mulmig ist, erfahre ich, als wir nun doch hinaus geführt werden an den Pool.

Die frische Luft tut mir gut, kalt ist mir nicht, es ist angenehm mild draußen, Ibiza bei Nacht. Das Zirpen der Zikaden fängt mich ein, das Sommeraroma steigt mir in die Nase, und Carinas sanfter Griff an meinem Oberarm tut mir einerseits gut, andererseits komme ich mir vor, als wenn ich regelrecht abgeführt werde.

Vorsichtig werde ich auf die Steinplatte am Beckenrand des Pools geführt und muss mich mit dem Rücken zum Wasser stellen, nicht wissend, wer links und rechts von mir mein Nachbar ist.

„Komisches Gefühl", murmelt … es ist Peter … links von mir.

„Keine Sorge, die bringen uns schon nicht um", antworte ich leise.

„Roland? Geht's dir ähnlich, wie mir? Ich finde es schon sehr gewöhnungsbedürftig, so vollkommen die Kontrolle abzugeben und regelrecht ausgeliefert zu sein. Gefällt mir nicht wirklich, muss ich gestehen."

„Es gefällt dir deshalb nicht, weil du es nicht gewohnt bist, Peter", gebe ich leise zur Antwort und füge bei: „Weil es nicht unserem männlichen Archetypus entspricht. Wir erleben hier gerade ein klassisches Geschlechtertauschempfinden. Ich finds sehr spannend."

„Hm", macht Peter.

„Lass einfach los, Peter, und genieß es. Es wird ganz bestimmt aufregend."

„Wenn ich bedenke, dass ich mir das Spiel ausgedacht habe. Tja, da muss ich jetzt wohl durch."

„Peter, schalt deinen Kopf aus und wechsel in den Genussmodus!"

„Wenn das mal so einfach wäre …", gibt er kleinlaut zu bedenken.

„Ruhe da! Mannsvolk! Schnattern wie die Erpel! Unmöglich!". Es ist Costanzas strenge, dunkle Stimme, die uns ins Geplauder rauscht. „Führt die Männer alle weiter auseinander, Mädels. Mindestens zwei Meter Abstand will ich sehen. Und ihr Jungs:", fährt sie uns an. „Ihr werdet von nun an schweigen, ist das klar? Wenn nicht, dann … ." Die Reitgerte pfeift bedrohlich sirrend durch die Luft. „Noch Fragen? Okay, dann Ruhe jetzt auf der Alm, ihr Stiere!" Und somit geht sie unsere Reihe einmal mit der Reitgerte ab, lässt sie über die Schwänze streichen, wie ein Torschütze, der sich mit der Ersatzbank abklatscht. Nur bei Michele ist sie etwas gründlicher, dem versetzt sie zwei Schläge, wie ich neben mir hören kann, und vermutlich auch auf den Schwanz, denn der stöhnt auf, doch sie fährt fort: „Und selbstverständlich total passiv bleiben!"

Wieder streicheln und kraulen Fingernägel über meine Brust, entfernen sich und eine andere Hand taucht auf. Keine Frage, die Damen genießen ihre ‚Macht'.

Ich habe mich soweit entspannt, um es auch genießen zu können. Mir gefällt das Gefühl, nichts sehen zu können. Besonders ausgeliefert fühle ich mich nicht, im Gegenteil, ich fühle mich stark und es macht mich auch an. Sollen sie doch anfassen, die Mädels, und sich nun an uns erfreuen und erregen, so wie wir es vorhin an ihnen getan haben, um uns an ihnen aufzugeilen. Dass sie anders zu Werke gehen, liegt in der Natur der Geschlechter.

Plötzlich drängt sich eine der Frauen an mich und küsst mich. Es ist Nina.

„Gut seht ihr alle aus", flüstert sie mir zu. „Und du ganz besonders, Roland. Viel Spaß wünsche ich dir nun. Genieß es. Sechs scharfe Weiber werden dir den Schwanz lutschen. Wie geil ist das denn, hm?"

Recht hat sie. Ganz genau. Ich konzentriere mich wieder auf meine Lust und das, was da gleich geschehen wird. Nina steht noch immer vor mir, kneift mir neckisch die Brustwarzen, stimuliert mich. Anscheinend will sie die erste bei mir sein.

„Okay, Mädels!", ruft sie plötzlich, dass ich mich ein wenig erschrecke. „Habt ihr euch alle einen ausgesucht? Dann geht's jetzt los!"

Im nächsten Moment ertönt Schillers ‚Weltreise' aus der Außenlautsprecheranlage. Sehr geil! Und Nina beginnt mich wieder zu küssen. Ich spüre, wie sie sich im Takt der Musik an mir entlang zu schlängeln und zu winden beginnt. Einem Tanz gleich, und ein bis dato noch nicht erlebtes Spektakel nimmt seinen Lauf.